岩 波 文 庫

31-169-1

林芙美子随筆集

武藤康史編

岩 波 書 店

目次

落合町山川記

遠き古里の山川を
思ひ出す心地するなり

私は、和田堀《わだぼり》の妙法寺の森の中の家から、堰《せき》のある落合川《おちあいがわ》のそばの三輪の家に引越しをして来た時、はたきをつかいながら、此様なうたを思わずくちずさんだものであった。この堰の見える落合の窪地に越して来たのは、尾崎翠《おざきみどり》さんという非常にいい小説を書く女友達が、「ずっと前、私の居た家が空《あ》いているから来ませんか」と此様に誘ってくれた事に原因していた。前の、妙法寺のように荒れ果てた感じではなく、木口《きぐち》のいい家で、近所が大変にぎやかであった。二階の障子《しょうじ》を開けると、川添いに合歓《ねむ》の花が咲いていて川の水が遠くまで見えた。

東中野の駅までは私の足で十五分であり、西武線中井の駅までは四分位の地点で、ここも、妙法寺の境内《けいだい》に居た時のように、落合の火葬場の煙突がすぐ背後に見えて、雨の日なんぞは、きな臭《くさ》い人を焼く匂《にお》いが流れて来た。

その頃、一帖《いちじょう》七銭の原稿用紙を買いに、中井の駅のそばの文房具屋まで行くのに、おいはぎが出ると云う横町《よこちょう》を走って通らなければならなかった。夜など、何か書きかけていても、原稿用紙がなくなると、我慢して眠ってしまう。ほんの一、二町《ちょう》の暗がりの間であったが、ここには墓地があったり、掘り返した赤土のなかから昔の人骨が出て来たなどと云う風評があったり、また時々おいはぎが出ると聞くと、なかなかこの暗がり横町は気味の悪いものであった。その頃はまだ手紙を出すのに東京市外上落合《かみおちあい》と書いていた頃で、私のところは窪地にありながら字上落合三輪と呼んでいた。その上落合から目白寄りの丘の上が、おかしいことに下落合と云って、文化住宅が沢山並んでいた。この下落合と上落合の間を、落合川が流れているのだが、(本当は妙正寺川と云うのかも知れぬ)この川添いにはまるで並木のように合歓の木が多い。五月頃になると、呆《ぼ》んやりした薄紅の花が房々と咲いて、色々な小鳥が、堰の横の小さい島になった土の上に飛んで来る。

まず引越しをして来ると、庭の雑草をむしり、垣根をとり払って鳳仙花《ほうせんか》や雁来紅《がんらいこう》などを植えた。庭が川でつきてしまうところに大きな榎《えのき》があるので、その下が薄い日蔭になりなかなか趣があった。私は障子を張るのが下手なので、十六枚の障子を全部尾崎女史にまかせてしまって、私は大きな声で、自分の作品を尾崎女史に読んで聞いて貰ったのを覚えている。尾崎さんは鳥取の産で、海国的な寂しい声を出す人であった。私より十年もの先輩で、三輪の家から目と鼻のところに、草原の見える二階を借りてつつましく一人で住んでいた。この尾崎女史は、誰よりも早く私の書くものを愛してくれて、私の詩などを時々暗誦《あんしょう》してくれては、心を熱くしてくれたものであった。妙法寺に住んでいた頃、やっとどうやら私の原稿が売れ出して来ていたのだが、この家へ越して一ヶ月すると、私は放浪記を出版する事になった。原稿が売れると云っても、まだまだ国へまで送金どころか、自分たちの口が時々干上《ひあが》るのが多くて、私はその日も勤め口を探して足をつっぱらして帰ったのであった。玄関の三和土《コンクリート》の濡れた上へ速達が落ちていたのを、めったにない事だと胸をドキドキさせて読んで行くと、「放浪記出版」と云う通知なのであった。暫《しばら》くは私は眼がくらくらして台所で水をごくごく飲んだものだ。嘘のような気がした。誰かが悪戯《いたずら》したのだろうと思った。七、八年と云う長い間、私の原稿などは満足に発表された事なんぞなかったのだ。原稿を持って雑誌社へ行って、電車賃もないのでぶらぶら歩いて帰って来ると、時に、持って行った原稿の方がさきまわりして速達で帰っている事があった。

この放浪記では、何だか随分印税を貰ったような気がしてうれしかった。長い間の借金や不義理を済ませて、私は一人で支那に遊びに行った。ハルピンや、長春、奉天、撫順、金州、三十里堡、青島、上海、南京、杭州、蘇州、これだけを約二ケ月でまわって、放浪記の印税はみんなつかい果たして、上落合の小さい家に帰って来た。帰って来ると鳳仙花はみな弾《はじ》けていて、雁来紅ももう終りであった。その年の十二月には、東京朝日の夕刊小説を書かして貰った。雪の降りそうな夜更《よふ》けの事で、私は拾銭玉を持って風呂へでも行って来ようとしていた時であった。朝日の時岡さんが、「芙美子さん今日はいい知らせを持って来ました」と云って上って来られた。私は大馬力でその夕刊小説を書いた。暮れの二十八日に貰った千円以上の金に、私は馬鹿のようになってしまって、イの一番に銀座の山野《やまの》でハンガリアン・ラプソディのディスクを買った。天金《てんきん》で一番いい天麩羅《てんぷら》を下さいと云って女中さんに笑われた。そして一番いい自動車に乗って帰ろうと思って、あんまりよくないのに乗って家まで帰ったのを覚えている。

家には、夫や、二、三人の絵描きさんたちが居た。みんな貧乏で、お正月は支那そば会をしようと云っていた連中も、私の持って帰った札束を見ると、みんな「憂鬱《ゆううつ》じゃのウ」と云ってひっくりかえってしまった。

お正月はこの貧しく有望な絵描きたちを招《よ》んで、実に壮大な宴を張った。国には二百円も送ってやり「あッ!」と云う両親の声が東京まできこえて来たような気がした。両親は私の書くものを一番ケイベツしていたので、その申しひらきの見得《みえ》もありなかなかに人生ユカイなものの一つであったのだ。

上落合時代の書斎, 1932年

家の前には井戸があった。朝夕この井戸はにぎわって、子供たちが沢山群れていた。私は玄関の前に茣蓙《ござ》を敷いて子供たちと飯事《ままごと》をして遊んだ。一生のうち此様な幸福な事はないと思った。夕刊小説は出来がよくなかったが、色々な人が金を貰いに来た。私は子供たちと茣蓙の上で遊びながら、お金を貰いに、本所《ほんじょ》から歩いて来たとか深川から歩いて来たとか云う人たちに、「林さんはさっき出て行きましたよ」と嘘を云った。中には、貴女《あなた》は女中さんですかお妹さんですかと訊くひともあったが、写真に出ている顔は満足に私に似ているのがないので、誰も不思議がりもせず帰って行った。

初めの頃は正直に一円二円と上げていたのだが、日に三、四人も来られると、まるで話しあわされたようで、もう不快で仕方がなかった。餅や菓子をくれと云う人の方がよっぽど好意がもてた。

落合川をへだてた丘の下落合には、片岡鉄兵《かたおかてっぺい》さんや、吉屋信子《よしやのぶこ》さんが住んでいた。鉄兵さんにはよく中井の駅の通りで会った。吉屋さんは、玄関の前に井戸のある私の陋屋《ろうおく》に時々おとずれて面白い話をしてゆかれた。実際陋屋と呼ぶにふさわしく、玄関の前に井戸があるので、家の前は水の乾くひまもなくて、訪ねて来る人たちは足元を要心しなければならない。新聞社で写真を撮りに来ると、外に写す場所がないので、よく井戸を背景にして写して貰った。

前は二軒長屋の平屋《ひらや》で、砲兵工廠《ほうへいこうしょう》に勤める人と下駄の歯入れをする人、隣家は宝石類の錺屋《かざりや》さんで、三軒とも子供が三、四人ずついた。その子供たちが、皆元気で、家に飼っていた犬の毛をむしりに来て困った。

この落合川に添って上流へ行くと、「ばつけ」と云う大きな堰があった。この辺に住んでいる絵描きでこの堰の滝のある風景を知らないものはもぐりだろうと思われるほど、春や夏や秋には、この堰を中心にして、画架を置いている絵描きたちが沢山いた。中井の町から沼袋への境いなので、人家が途切れて広漠たる原野が続いていた。凧《たこ》をあげている人や、模型飛行機を飛ばしている人たちがいた。うまごやしの花がいっぱいだし、ピクニックをするに恰好の場所である。この草原のつきたところに大きな豚小屋があって、その豚小屋の近くに、甲斐《かい》仁代《ひとよ》さんと云う二科の絵描きさんが住んでいた。御主人を中出《なかで》三也《さんや》さんと云って、この人は帝展派だ。お二人とも酒が好きで、画壇には二人とも古い人たちである。私はこの甲斐さんの半晴半曇《はんせいはんどん》な絵が好きで、ばつけの堰を越しては豚小屋の奥の可愛いアトリエへ遊びに行った。

夕方など、このばつけの板橋の上から、目白商業の山を見ると、まるで六甲《ろっこう》の山を遠くから見るように、色々に色が変って暮れて行ってしまう。目白商業と云えばこの学校の運動場を借りてはよく絵を書く人たちが野球をやった。のんびり講などと云うハッピを着た連中などの中に中出さんなんかも混っていて、オウエンの方が汗が出る始末であった。

来る人たちが、落合は遠いから大久保あたりか、いっそ本郷あたりに越して来てはどうかと云われるのだけれど、二ケ月や三ケ月は平気で貸してくれる店屋も出来ているので、なかなか越す気にはなれない。それに散歩の道が沢山あるし、哲学堂も近かった。春の哲学堂の中は静かで素敵だ。認識への道の下にある、心を型どった池の中にはおたま杓子《じゃくし》がうようよいて、空缶《あきかん》にいっぱいすくって帰って来たものだ。

支那に遊んだ翌年の秋、私は一冊の本を出して欧洲へ一ケ年の旅程で旅立った。巴里《パリ》へいっても倫敦《ロンドン》へいっても、よく、ばつけの白い堰や、哲学堂のおばけの夢なんぞを見て困った。もう帰れないのではないかと思った欧洲から、去年の夏、また上落合の榎のある家に帰って来た。

庭にはダリアや、錯甲や、カカリアなどの盛りで、榎はよく繁って深い影をつくっていた。その頃、尾崎さんもケンザイで鳥取から上京して来ていた。相変らず草原の見える二階部屋で、私が欧洲へ旅立って行く時のままな部屋の構図で、机は机、鏡台は鏡台と云う風に、ちっとも位置をかえないで畳《たたみ》があかくやけついていた。障子にぴっちりつけて机があった。その机の上には障子に風呂敷が鋲《びょう》で止めてあった。この動かない構図の中で、尾崎さんはコツコツ小説を書いていたのに、私はうつり気なのか支那へ行ってみたり、欧洲へ行ってみたり、そして部屋の模様をかえてみたりした。十畳《じゅうじょう》位の部屋に小さい机が一ツに硯箱《すずりばこ》のいいのでもあったらと云うのが理想なのだが、三輪の家は物置きのようにせまくて、ちょっと油断しているとすぐ散らかって困った。――私は欧洲から帰って来ると、すぐまた戸隠山へ出掛けた。山で一ケ月を暮らして帰って来ると、尾崎さんは軀《からだ》を悪くして困っていた。ミグレニンの小さい罎《びん》を二日であけてしまうので、その作用なのか、夜になるとトンボが沢山飛んで行っているようだと云ったり、雁が家の中へ這入って来るようだと、夜更けまで淋しがって私を離さなかった。

眼の下の草原には随分草がほうけてよく虫が鳴いた。「随分虫が鳴くわねえ」と云うと、「貴女も少し頭が変よ、あれはラヂオよ」と云ったりした。私も空を見ていると本当にトンボが飛んで来そうに思えた。風が吹くと本当に雁が部屋の中に這入って来そうに思えた。ヴェランダに愉しみに植えていた幾本かの朝顔の蔓《つる》もきり取ってしまってあった。そんな状態で躰《からだ》がつかれていたのか、尾崎さんはもう秋になろうとしている頃、国から出て来られたお父さんと鳥取へ帰って行かれた。尾崎さんが帰って行くと、「この草原に家が建ったら厭《いや》だなア」と云っていたのを裏切るように、新《あた》らしい三拾円見当の家が次々と建っていって、紫色の花をつけた桐の木も、季節の匂いを運んだ栗の木も、点々としていた桃の木もみんな伐《き》られてしまった。

尾崎さんが鳥取へ帰って行ってから間もなく、私は吉屋さんの家に近い下落合に越した。落合はやっぱり離れがたいのか、前の家からは川一ツへだてた近さであった。誰かが植民地の領事館みたいだと云ったが、外から見ると、丘の上にあって随分背が高く見えた。庭が広くて庭の真中には水蜜桃《すいみつとう》のなる桃の木の大きいのが一本あった。井伏鱒二《いぶせますじ》さんは、何もほめないでこの桃の木だけをほめて行った。三輪にいる頃も、草花を植える趣味をひどく軽蔑して、何でも木を植えなさいと云っていたが、案のじょう、下落合の家に来ても、桃は春のうちに枝をおろしてやれとか、なかなかコウシャクがむずかしかった。

ここへ移って来てからも色々な人たちが来た。女流作家の人たちも沢山来てくれた。皆若い人たちで暗く長い私の文運つたなかりし頃の人たちと違って、もう一年か二年で頭角《とうかく》を現わした華《はな》やかな人たちばかりであった。

鳥取へ帰った尾崎さんからは勉強しながら静養していると云う音信があった。実にまれな才能を持っているひとが、鳥取の海辺に引っこんで行ったのを私は淋しく考えるのである。

時々、かつて尾崎さんが二階借りしていた家の前を通るのだが、朽《く》ちかけた、物干しのある部屋で、尾崎さんは私よりも古く落合に住んでいて、桐や栗や桃などの風景に愛撫されながら、『第七官界彷徨』と云う実に素晴らしい小説を書いた。文壇と云うものに孤独であり、遅筆で病身なので、この『第七官界彷徨』が素晴らしいものでありながら、地味に終ってしまった、年配もかなりな方なので一方の損かも知れないが、この『第七官界彷徨』と云う作品には、どのような女流作家も及びもつかない巧者なものがあった。私は落合川に架したみなかばしと云うのを渡って、私や尾崎さんの住んでいた小区《まち》へ来ると、この地味な作家を憶《おも》い出すのだ。いい作品と云うものは一度読めば恋よりも憶い出が苦しい。

私の家の出口には、中井ダンスホールと云うのがある。まだ一度も行った事はないが、なかなかさかっているのだろう。門を這入ると足のすれあっている音や、レコードが鳴っている。——私の家はかなり広いので、(セットの貧弱なのが心残りなのだが)、あんまり漠然としているので、そうそう旅をしなくなった。あっちの片隅《かたすみ》、こっちの片隅と自分の机をうつして行くのだが、こんな大きな家で案外安住の書斎がない。時に台所の台の上で書いたり、茶の間で書いたりして旅へ出たような気でいたりした。

ここの家からは中井の駅が三分位になり、吉屋さんの家が近くなった。近くなったくせに訪問しあうことはまれで、なかなかヨインのある御近所だと思っている。東中野へ出て行く道には、大名笹《だいみょうささ》で囲まれた板垣直子《いたがきなおこ》さんの奥ゆかしい構えがある。ひところ、大田洋子《おおたようこ》さんも落合の材木屋の二階にいたのだが、牛込《うしごめ》の方へ越してしまった。中井の駅の前には辻山春子《つじやまはるこ》さんの旦那さんがお医者を開業されたし、神近市子《かみちかいちこ》女史も落合には古くからケンザイだ。これで、なかなか女流作家が多い。

落合には女流作家とプロレタリア作家が多いと云うけれど、いったいに一癖《ひとくせ》ある人が沢山住んでいる。私が、落合に移り住んだ頃、夏になると川添いをボッカチオか何かを唄《うた》って通る男がいた。きまって夜の八時か九時頃になると合歓の木の梢《こずえ》をとおして円《まる》みのある男の声がひびいて来ていた。その頃、うちにいた女の書生さんは、「どんなひとでしょうね」と興味を持っていたが、ある夜使いから帰って来ると、

「紺絣《こんがすり》を着て蛇《じゃ》の目《め》の傘《かさ》を差して、ちょっといい男でしたわ」

と云った。ゆうゆうと唄いながら歩いていたと云うのだ。それが、下落合の高台の家に越して来てからも、夏の夜はその唄声が聞えていた。

「段々あの声うまくなって行くわね」

と、噂《うわさ》をしていると、もうその声は蓄音機にはいっていると女中がどこからか聞いて来た。

「あのひとは朝鮮の人ですって、いい声ですね」

前の家の近くの我が家と云う喫茶店では、その朝鮮の人のディスクをかけていた。音楽の思い出と云うものはちょっといいものだ。この頃はその唄をうたって落合川を歩いたひとも偉くなってしまったのか、夏になっても、唄がきこえて来なくなってしまった。

私の隣りがダンスホール、その隣りが、派出婦会をやっている家でダブリュ商会と云うのだけれど、ダブリュ商会なんてちょっと変った名前だ。その次が通りを一つ越して武藤大将邸なのだが、お葬式のある日にどこからか花輪を間違えて私の家へ持ち込んで来た。おおかた拓務省の自動車や武藤家の自動車がうちの前まで並んでいたからであろう。遊びに来ていた母親は、大変エンギがよいと云って喜んでいた。町内の人が国旗を出して欲しいと云うので、国旗を買いに行くやらして、ひっそりと同じ町内の御不幸を哀悼《あいとう》していたのに、武藤邸の近くで磯節か何かのラヂオが鳴っているのには愕《おどろ》いてしまった。

武藤邸の前にはアルプスと云う小カフェーがあって、小さい女給さんが、武藤邸の電信柱に凭《もた》れて、よく涼みながら煙草《たばこ》を吸っている。

武藤邸の白い長い石崖《いしがけ》を出はずれると、山の方へ上って行く誰にもそんなに知られていない石の段々がある。実に静かで長い段々なので、私は月のいい夜など、この石の段々へ犬を連れて涼みに行く。昼間見てもいい石の段々だ。

この家へ越して来た頃、駐在にいい巡査氏が居た。もうかなりな年配なひとだが、道で子供たちがキャッチボールかなんぞしていると、自分も青年のようにその中へ這入っていって子供たちに人気を呼んでいた。何か名句を一ツ書いて戴けませんかと、戸籍《こせき》しらべの折、頼まれたのだが、そのままになって、その巡査氏も何時《いつ》からかもう変ってしまった。——越して来た頃、石《いし》の巻《まき》の女でおきみと云う非常に美しい女を女中に使っていた。二十一歳で本を読むことがきらいであったが、眼のキリッとした娘で、髪の毛が実に黒かった。二ケ月位して里へ帰って行ったが、すぐ地震に見舞われて、生きているのか死んだのか、今だに見当がつかない。この女の姉は芸者をしていた。家に居る間じゅう、きだての優しい娘で帰って行ってからも折にふれては「おきみはどうしたかしら」と私たちの口に出て来た。

いまは十五歳になる信州から来た女中がいる。これも百姓の娘できだてのいい娘《こ》だ。国への音信に、「隣りが武藤大将様のお邸《やしき》で、お葬式はお祭よりもにぎやかでありました」とハガキに書き送っていた。

原稿用紙も、やっぱり中井の駅の近くの文房具屋でこの頃は千枚ずつとどけて貰うのだが、十年一日《いちじつ》の如く、小学生の使う上落合池添紙店製のをつかっている。越して来た頃、暗がり横町を走ってでなければ、原稿用紙が買いに行けなかったあの通りにも、家が四、五軒も建ち、何か法華経《ほけきょう》のような家も出来た。淋しかった暗がり横町のなごりに、いまは合歓の木が一本残っているきりで、面白いことに、その暗がり横町に出来た二階屋の一ツに、私の母たちが引越して行った。

「夏は涼しいが、冬は北向きで陽《ひ》がささんので、引越しすると家主さんに云うと、一円位はお前すぐまけてくれるそうだよ」

どこから聞いてきたのか、母はこんなことを云って笑っていた。母のところへ行くたび、ここを眼をつぶって走って通り抜けた三、四年前を憶い出すのであった。その北向きの家には、二階をヴァイオリンを弾く御夫婦に貸して、もう、老夫婦の住家《すみか》らしい色に染めてしまって、台所から見える墓場なども案外にぎやかなものだと云っていた。おいはぎの出た暗がりの横町に家が建ちその一軒に自分の親たちが住もうなどとは思いもよらなかった。それに二階の御夫婦は世にも善良な人たちで、奥さんはすらりとした、スペイン型の美人であった。御亭主は活動の方へ出ている人なのだが、時々母の持って来る話では、「トオキイちゅうは何かの？　楽隊がいらんごとになってしもうて、お前二階で遊んでおんなさるが」と云うことであったが、市内になってしまったとは云っても、郊外らしい活動館まで、トオキイになってしまっては、楽士さんもなかなか骨なことであろう。

いまは、秋らしくなった。だが、日中はなかなか暑い。私は二階の板《いた》の間《ま》に寝台を持ち出して寝ている。寝ていると月が体に降りそそぐように明るんで、灯を消していると虫になったような気がして来る。——高台なので、川の向うの昔住んでいたうちや、尾崎さんのいた家、昔は広い草の原であった住宅地などが一眸《いちぼう》のうちに見える。前居た家には、うちに働いていてくれた花子と云う女が世帯を持って住むようになった。小さい屋根に、私たちがしていたように、時々蒲団《ふとん》が干してある。私が所在なくしたように、小窓から呆《ぼ》んやりした花子の顔が、川一ツへだてた向うに見える。下落合の丘には、あの細々と背の高い榎はないが、アカシアとポプラと桜が私の家を囲んで、春は垣根の八重桜《やえざくら》が見事に咲き、右手の桜の垣根の向うは広々とした荒地になっている。ここの荒地には、山芋《やまいも》が出来るので、よく家中で大変なカッコウをして掘りに出た。

誰も彼もいなくなったので、庭をつくる事も厭になり、いまは雑草と月見草のカッキヨにまかせている。時々空家《あきや》ではないかと聞きに来る人がある。私は上落合三輪の家で、家へ来る青年がつくってくれたカマボコ板の表札をここでも玄関へ釘つけて、それで平気でいるのだ。大分古びていい色になったが、子の字が下に書けなくなってしまって小さく書いてあるのが気にかかって仕方がない。

また、夏になった。もう前ほど女流のひとたちも来なくなった。城夏子《じようなつこ》さんや辻山さんがやって来る位で、男のひとたちの来客が多い。山田清三郎《やまだせいざぶろう》さんもこの辺では古い住みてだし、村山知義《むらやまともよし》さんも古い一人だ。また、私の家の上の方には川口軌外《かわぐちきがい》氏のアトリエもあって、一、二度訪ねて来られた。素朴なひとで、長い間外国にいた人とも思えないほど、しっとりと日本風に落ちついた人である。風評で有名な中村恒子さんもうちの近くの二階部屋を借りて絵を描いているし、有望な絵描きの一人に入れていい独立の今西忠通君も、私の白い玄関に百号の入選画をかけてくれて、相変らず飯屋《めしや》の払いに困っている。

家の前は道をはさんで線路になっている。その線路はどの辺まで伸びて行っているのか、こんなに長くいて沼袋までしか行った事がないので知らない。朝々窓から覗《のぞ》いていると、近郊ピクニックの小学生たちの白い帽子が、電車の窓いっぱいに覗いて走って行く。夕方になると疲れたようなピクニック帰りが、また、いっぱい電車に群れて都会の方へ帰って行った。

私の仲のいい友達が、中井の駅をまるで露西亜《ロシア》の小駅のようだと云ったが、雨の日や、お天気のいい夕方などは、低い線路添いの木柵に凭れて、上落合や下落合の神《かみ》さんたちや奥さんたちが、誰かを迎いに出ている。駅の前は広々としていて、白い自働電話があり、自働電話の前には、前大詩人の奥さんであったひとがワゴンと云う小さなカフェーを開いている。

自働電話に添って下へ降りると落合川だ。嵐の日などは、よくここが切れて、遠まわりしなければ帰れなかったのだが、この川を半分防岸工事をして、小鳥屋だの西洋洗濯屋だの麻雀荘と、もう次々に出来てしまって、この頃は夜々駅の横に植木市がたった。この植木市には時々見覚えの合歓の若木などが売りに出ている事がある。植木市と云っても本格的なものではなくてカアバイトの光と撒《ま》き水《みず》きりで美しく粧《よそお》っている品物が多かった。でも値段が安いので、私は蔓薔薇《つるばら》や、唐辛子《とうがらし》の鉢植えなどを買いに行った。

「まるで気絶したようなんね」

と、冷やかすと、怒りながらまけてくれた。八分ごとに来る電車で、友達が来るのを待っている間に、待呆《まちぼう》けを食って、花鉢を五ツ六ツも買わされた事もあった。

どっかいいところをと思っているのだけれど、落合は気楽なところだ。もう私の家の壁の汚点《しみ》一ツ覚えてしまったのだが……。

朝々
寝床の中から
白い壁を見ている

白い壁に何時の間にか
眼の汚点《しみ》が出来て来ると
私はアルコールで
焦々《いらいら》しながら拭《ふ》いて行くのです。

家が古いので、一人でいると追いたてられるように淋しい時がある。そんな時は女中と二人で街へ飛び出して行ってしまう。いまのところ、落合の町より外《ほか》にそう落ちつける場所もなさそうだ。この住みよさは四年もいるのによるだろうが、町の中に川や丘や畑などの起伏が沢山あるせいかも知れない。

貸家探し

山崎朝雲《やまざきちょううん》と云うひとの家の横から動坂《どうざか》の方へぽつぽつ降りると、福沢一郎《ふくざわいちろう》氏のアトリエの屋根が見える。火事でもあったのか、とある小さな路地の中に、一軒ほど丸焼けのまま柱だけつっ立っている家のそばに、サルビヤが真盛りの貸家が眼についた。玄関が二つあるけれども、がたがたに古い家で、雨戸が水を吸ったように湿っていた。ビール瓶で花園をかこってあるが、花園の中には塵芥が山のように積んであり、看護婦会の白い看板が捨ててあったりする。こんな家に住むのは厭《いや》だなと思い、路地から路地を抜けて動坂の電車通りへ出て、電車通りをつっ切り染物屋の路地へ這入《はい》ると、ここはもう荒川区日暮里《にっぽり》九丁目になっている。荒川区と云うと、何だか遠い処《ところ》のように思えて、散々家を探すのが厭になり、古道具屋だの、炭屋だの、魚屋だののような日常品を売る店の多い通りを、私は長い外套《がいとう》の裾《すそ》をなびかせて支那人のような姿で歩いた。炭屋の店先では、フラスコに赤い水を入れて煉炭《れんたん》で湯をわかして近所のお神《かみ》さんの眼を惹《ひ》いている。

私も少時はそれに見とれていた。支那そば屋、寿司屋、たい焼屋、色々な匂いがする。レコードが鳴っている。私は田端《たばた》の自笑軒の前を通って、石材屋の前のおどけた狸《たぬき》のおきものを眺めたり、お諏訪《すわ》様の横のレンガ坂を当《あて》もなく登ってみたりした。小学生が沢山降りて来る。みんな顔色が悪い。風が冷たいせいかも知れない。みんなあおぐろい顔色をしていた。

谷中《やなか》の墓地近くになっても貸家はみつかりそうにもなかった。いたずらに歩くばかりで、歩きながら、考えることは情ないことばかりだった。朝倉塾の前へ来ると、建築の物々しいのに私はびっくりしてしまった。屋根の上にブロンズが置いてある。田舎のひとのよろこびそうな建物だなと思った。石材屋と、最中《もなか》屋との間を抜けて谷中の墓地へ這入るとさすがに清々《せいせい》とした。寺と云う寺の庭には山茶花《さざんか》の花がさかりだし、並木の木もいい色に秋色をなしていた。広い通りへ出て川上音次郎《かわかみおとじろう》〔音二郎〕の銅像の処で少時休んだ。女の子供が二人、私のそばで蜜柑《みかん》を喰べていた。それを見ていると、私の舌の上にも酸っぱい汁がたまりそうであった。川上音次郎の銅像はなかなか若い。見ていて、このひとの芝居は私は一度も知らないのだなと、まるで、自分が子供のように若く思えたりする。銅像の裏には共同便所があるので、色々な人たちが出たり這入ったりしていた。

谷中葬場の方へ歩く。葬場の前の柳は十一月だと云うのにまだ青々としていた。ちょうど、道一つ越して柳の前になった処に、小さい額縁屋があって、昔からこの店のつくりだけは変らないようだ。私は、石材屋の横を左に曲って桜木町に這入ってみた。門構えのつつましい一軒の貸家が眼にはいった。さるすべりの禿《は》げたような古木《こぼく》が塀の外へはみ出ている。前の川端さんのお家によく似ていた。差配《さはい》を探して、その家を見せて貰ったが、長い間貸家だったせいか、じめじめしていて、家の中は陰気に暗かった。差配は、七十位の小さい白髪《しらが》の爺《じい》さんで、耳が遠いのか、大きな声で「お住まいはどちらです」と訊《き》いた。「落合《おちあい》です」と云うと、「落合」とおうむ返しに応《こた》えて、私のなりふりには少しも注意せずに、部屋の中まで杖にすがって歩いていた。玄関が四畳半、座敷が八畳、女中部屋が三畳、離れが六畳の品のいい階下だったけれども、座敷の床《とこ》の間《ま》の後に二畳の変な部屋があるのが怖かった。二階は八畳で見晴らしが利きますと、差配は急な梯子《はしご》をぼつりぼつりあがって行った。私もついてあがって行ったが、暗くて急な梯子段の中途にかかると、私はふと、佐藤春夫《さとうはるお》氏の化物屋敷と云う小説を連想して体がぞくぞくと震えた。梯子段は途中で曲ってなお二、三段急になっている。上は真黒で、差配のつく杖の音だけが廊下に音している。雨戸の隙間からにぶい光線がやみくもに部屋の中へ流れていて、眼がさだまってくると、差配の爺さんはがらがらと雨戸を繰《く》ってくれた。廊下へ出ると、路地がすぐ眼の下で牛乳屋も通る。豆腐屋も通る。豆腐屋もこの辺になると、リヤカアの上に箱を重ねてラッパを吹いて通る。

＊

「おいくら位なんですの」と訊くと、五拾円だと云った。敷金《しききん》は四つ、なかなかいい値段だなと思いながら、押入れの鶴の絵に侘《わび》しくなったり、古新聞の散らかっている廊下に出て、この部屋へ寝床を敷いて寝る夜のことを考えるとあじきなかった。庭はとてもせまい。さるすべりと八ツ手《やつで》と、つげの木が四、五本植《うわ》って、離れの塀ぎわには竜《りゅう》のひげが植えてあった。「一度相談して参りますから」と云うと、差配は、「さようで御座《ござ》いますか」と来た時と少しも変らない態度であっちこっち雨戸を閉め始めた。私も手伝って離れの戸を閉めて靴をはいたが、差配のお爺さんはなかなか出て来ない。暗いなかに、誰か人がいて、お爺さんをどうにかしたのではないかと、裏口へ曲ったが、もう差配の下駄はそこにはなかった。私はもう一度差配の小さい玄関に立って、お爺さんは帰りましたかと聞いてみた。共同水道のような処で水を汲んでいたお婆《ばあ》さんが、「はい帰って参りました」と返事をしてくれたので、私は吻《ほ》っとして路地を抜けた。雨あがりの寒い湿った日だから、あの家もあんなに陰気だったのだろうけれども、あんな差配だったら借りてもいいなと思った。

随分歩いた。足の先きがずきずきするし、黄昏《たそがれ》でだいぶ腹がすいたので、音楽学校のそばをぽくぽく急ぎ足に歩くと、塀の中の校舎に灯火《あかり》がはいって、どの窓からも練習曲が流れて来て、十二、三の子供たちの頭が沢山見える。

私は、角店になった大きな蕎麦《そば》屋へ這入った。蕎麦屋の中は黄昏でまだ灯火を入れていなかった。「いらっしゃアいッ」と大きな声でジャケツを着込んだ若い衆が迎えてくれたが、貸家や職を探して蕎麦屋に立寄る風景は、私の生活にたびたびあったように思えて、私は、自分の胸の中に、愕《おど》きとも淋しさとも苦笑ともつかないものを感じた。鍋《なべ》焼《やき》を一つ頼んだ。熱い土鍋を両手ではさんで、かまぼこだの、ほうれん草だの、椎茸《しいたけ》だのを一つ一つ愉《たの》しみに喰べた。全くの孤独で、私は自分で自分に腹を立てたりしたが、がらがらと戸があいて俥曳《くるまひ》きが一人はいって来ると、私と背中合せにもりを一つあつらえて、美味《うま》そうに大きな音をたてて蕎麦をすすり始めた。それが、説明もつかないほど私にはすがすがしかった。私は鍋焼を食べ終ると、金を払いながら、「この前を通っているバスはどこへ行ってますか」と尋ねた。「玉《たま》の井《い》まで通ってます」と、若い衆が灯火をつけながら教えてくれた。「浅草の方へ行ってますか?」ともう一度尋ねると雷門《かみなりもん》の前で止まると云うことであった。私は「御馳走様《ごちそうさま》」と云って戸外へ出て、明るいうちにと慾《よく》ばって、また、その辺をぐるぐると歩いてみた。宇野浩二《うのこうじ》さんの家の前へ出る。宇野浩二さんとは此様なお住居《すまい》にいられるのかと、私は少時立って眺めた。どうした事か表札がさかさまになっている。二階の窓にはすだれがさがっていた。塀の中により添ったような造りで、大きく繁った八ツ手があった。隣りは何をする家なのか、ビール箱のような木箱が、宇野さんの石塀の方まではみ出て、自転車が二台路上へ置いてあった。

宇野さんの通りをT字型につきあたった処に蔦《つた》の這った碁会所《ごかいじょ》のような面白い家があって、貸家札がさげてあるのが眼にはいった。私はもう暗くなりかけたのに、「貸家がありますそうですが、広さはどの位なのでしょう」と尋ねると、夕飯時の忙がしさで、そこのお神さんはあんまりいい返事はしてくれなかった。貸家は小さい家らしかった。「そうね、六畳に四畳半に……」と話して貰っているうちに、お互いに貸す意志も借りる意志もないのに、家の説明をしたり聞いたりすることは妙なことだった。私はお神さんの話を呆《ぼ》んやり聞いているのだ。

＊

そこを出ると、すっかり暗くなったので、浅草へ出てみることにした。浅草へ出るとさすがに晴々《はればれ》して池《いけ》の端《はた》の石道をぼくぼく歩いてみた。関東だきと云うのか、章魚《たこ》の足のおでんを売る店が軒並みに出ている。花屋敷をまわって、観音堂《かんのんどう》に出て、扉《とびら》の閉ってしまった堂へ上って拝んでみた。私の横にはゲートルをはいた請負師《うけおいし》風の男が少時おがんでいた。観音様は夜通しあいているのかと思ったら、六時頃には大戸《おおど》が降りてしまうのであった。仲店までには色々な夜店が出ている。海苔《のり》ようかんを売っている若い男は国定忠治《くにさだちゅうじ》の講談本を声高く読んでいたりした。人差指のない男が人参や大根を刻む金物を売っていたり、八十八ケ所めぐりのスタンプ帳を売っている所なぞ、私は歩きながら子供のように面白かった。風船や絵本を売る子供たちが、夕べの別れに、「おしんちゃんに来るように云っとオくれ、いいかい。おばちゃんによろしくってね」とこんなことを高声で話しあって、公園の夜霧のなかへ子供たちはちりぢりに消えて行っている。仲店では文字焼きの道具を買った。帰って文字焼きをして遊ぼうと思った。伊勢勘で豆人形と猫を買った。雷門へ出ると、ますます帰るのが厭になり、十年振りに私はちんやへ肉を食べに這入ってみた。何十畳とある広い座敷の真中に在郷軍人と云ったような人たちが輪になって肉をたべていた。私は六十八番と云う大きな木札を貰って、女中に母娘《おやこ》連れの横へ連れられて行った。「しゃもになさいますか、中肉、それにロースとございますけど」太った銀杏返《いちょうがえ》しの女中はにこにこしてしゃべっている。私はロースを註文してばさばさと飯をたべ始めたが、さっきの鍋焼きで、腹工《はらぐ》合《あい》はいっぱいだった。働いている女中は、みんな日本髪で、ずっこけ風に帯を結び、人生のあらゆるものにびくともしないような風体《ふうてい》に見える。うらやましい気持ちであった。私はロースの煮えたのを頬《ほお》ばりながら、お客の顔や、女中たちの顔を眺めていた。まるで銭湯《せんとう》のような感じで、紅葉の胸飾りをしたお上《のぼ》りさんたちもいる。バスケットを持った田舎出の若夫婦、ピクニック帰り、種々雑多な人たちが小さい食卓を囲んでいる。

私の隣の母娘は、もう勘定だ。この母娘は二人で平常暮らしているのじゃなくて、たまたま逢ったのだろうと思えるほど、二人の言葉や服装に何か違いがあった。娘はクリーム色の金紗《きんしゃ》の羽織を着て、如何《いか》にも女給のようだったし、母親は木綿の羽織に、手拭《てぬぐ》いで襟《えり》あてをしていた。

浅草から帰ったのが七時半ごろ、貸家も何もみつからなかったが朝の憂鬱《ゆううつ》をさばさばと払いおとした気持ちであった。私は年寄りの部屋で手焙《てあぶ》りに火をおこして文字焼きの用意をした。忙がしいはずの私がうどん粉をこねたりしているのを家人たちはびっくりして見ていた。文字焼きで、あはあは笑ったりして、早く寝てしまったが、その翌《あく》る日、私の憂鬱は再びかえって来た。豊島薫さんが亡くなったと云う郵便が来たり、厭な手紙ばかりだった。豊島さんへは二、三日前花束を持って行ったが、あの花束は亡くなられた豊島さんの枕元でまだ咲いているだろう。私は風呂をわかして二度も三度も這入った。落ちつかないと、私には風呂にはいりたがるくせがある。「豊島さんへ行ったの何時《いつ》だったかしら？」と年寄りに訊くと、十八日だと教えてくれた。都〔都新聞〕の上山君が、あやふやな番地を教えてくれたために、半日、阿佐ケ谷《あさがや》の町を、家にいる小さい書生さんと歩きまわった。家がみつかった時には、へとへとになって、私は上山君にかんかんになって怒っていた。怒っていたから、豊島さんのお家にはよう這入らず、書生さんに花と手紙を持たせて私は戸口に立っていた。だから、生前の豊島さんには長いことお眼にかからず仕舞い。こんなに早くお亡くなりになるとも思わないし、お眼にかかってお見舞いしておけばよかったと悔いでいっぱいだった。

豊島さんも御家族が多いので心残りだったろうと思う。生前の豊島さんには三、四度位しかお逢いした事がない。漫画をとりにいらっした時、加藤悦郎さんと見えた位で、浅いおつきあいだったが誠実のある立派な人であった。読売の河辺さんだったか、豊島さんを非常に讃《ほ》めていた。豊島さんの事を考えると、本当に死んでは困ると思った。長生きして一生懸命な仕事を一つでも残したいものだ。貸家を探すのは新聞広告に出してきめることにした。

田舎がえり

東京駅のホームは学生たちでいっぱいだった。わたしの三等寝台も上は全部学生で女と云えば、わたしと並んだ寝台に娘さんが一人だった。トランクに凭《もた》れて泣いているような鼻のすすりかたをしている。わたしは疲れていたので、枕もとのカアテンを引いてすぐ横になったが、眼をつぶらないうちに頭のところのカアテンが開いてしまって、三階の寝台で新聞を拡げている音がしている。三階から下まで通しになった一つのカアテンなので、一人が眠くなって灯をさえぎりたくても、上の方で眠くない人がカアテンを開けると、寝た顔は何時《いつ》までも廊下の灯の方へ晒《さら》していなければならない。仕方がないので、ハンカチを顔へあてて眠ったが、なかなか寝つかれなかった。阿部ツヤコさんの三等寝台の随筆を読むと、近所同士がすぐ仲よくなれて愉《たの》しそうだったけれども、わたしの三等寝台はとっつきばのない近所同士だった。熱海《あたみ》あたりで眼が覚めると、前の娘さんは帯をといて寝巻きに着替える処《ところ》だった。羽織と着物を袖《そで》だたみにして風呂敷に包むと、少時わたしの寝姿を見ていて横になった。

(どの辺かしら)わたしはひとりごとを云ってちょっと起きあがってみたが、娘さんは黙ったまま湿ったようなハンカチを顔へあてて鼻をすすっている。二階の寝台からは縄のようになったサスペンダーと、大きな手がぶらさがっている。気になってなかなか寝つかれなかった。ポーランドの三等列車にどこか似ている。——朝眼が覚めたのは大垣《おおがき》あたりだった。娘さんは床の上へハンカチを落してよく眠っていた。昨日は灯火《あかり》が暗くてよく分らなかったけれども、本当に泣いたのだろう、瞼《まぶた》が紅《あか》くふくらんでいた。顔を洗いに行って帰って来ると、娘さんは起きて着物を着替えていたが、わたしの上の寝台からは、まだサスペンダーがぶらさがっている。娘さんと眼が合っても娘さんはにこりともしない。よっぽど考えることがあったのだろう。小さい鏡を出して髪かたちを調《ととの》えると、また昨夜のようにトランクに肘《ひじ》をついて鼻をすすっていた。

＊

わたしは京都へ降りた。二等車からも、外国人が四、五人降りて来ていた。わたしは赤帽がみつからなかったので、ホームへ降ろしたトランクをさげて歩み出すと、「ヴァラ」と云って、わたしの小さい蝙蝠傘《こうもりがさ》を背の低い男の外国人がひろってくれた。「メェルスィ・ビヤン！」そう応《こた》えて、わたしは思わず顔の赧《あか》くなるような気持ちを感じてたじたじとなってしまった。巴里《パリ》にいたとき、何度かこんな片言《かたこと》を云っていたが、京都でこんな言葉を使うとはおもいもよらないことだ。関西に住み馴れた仏蘭西《フランス》人なのだろう。橋を渡ってさっさと改札口へ行った。同じ席にいた鼻をすする娘さんも京都で降りてわたしの横を改札口の方へ歩いて行っている。

朝なので、駅の前はしっとりしていて気持ちがよかった。ホテルの旗をたてた人力車が何台もならんでいたりする。東京駅には人力車なんてなかったが、京都は人力車が随分多い処だ。――縄手《なわて》の西竹と云う小宿へ行った。小ぢんまりとした日本宿だと人にきいていたので、どんな処かと考えていたが、数寄屋《すきや》造りとでも云うのだろう、古くて落ちついた宿だった。前が阿波屋と云う下駄屋で、狭い往来《おうらい》はコンクリートの固い道だった。荷車に花を積んだ花売りが通る。赤い鉢巻きをした黒い牛が通る。朝の往来はすがすがしかった。わたしの部屋は朝だと云うのに暗くて、天井の低い部屋だった。裏は四条の電車の駅とかで、拡声機の声がひっきりなしに聴《きこ》えて来る。わたしは小さい机に凭れて宿帳《やどちょう》を書き、障子《しょうじ》を開けてみたり、鏡台の前に坐ってみたりした。明日の講演さえなければ奈良の方へでも行ってみたいなとおもった。

障子を開けると、屋根の上に細い台がこしらえてあって、幾鉢か植木鉢が置いてある。白い花を持った躑躅《つつじ》や、紅い桃、ぎんなんの木、紅葉、苔《こけ》の厚く敷いた植木鉢が薄陽《うすび》をあびて青々としていた。庭が狭いので、屋根の上に植木を置いて愉しむ気持ちを面白いとおもった。如何《いか》にも京都の宿屋らしいと、わたしは、屋根にある桃の鉢を両手にかかえて机へ置いて眺めた。いい苔の色をしていて、素焼《すやき》だけれど、鉢は備前焼のような土色をしていた。

＊

早いめに昼食を済ませて、わたしは山科《やましな》の方へ行ってみた。十年位前だったかに、大津から疏水《そすい》下りをしたことがあったが、その折に見た山科の青葉は心に浸《し》みて忘れられなかったので、わたしはあの辺をぶらぶら歩いてみたいとおもった。円タクをひろってどこでもいい景色のいい疏水のほとりに降ろして下さいと云うと、都ホテルの下の道を自動車はゆるく登って行った。都ホテルの堤には、つぼみを持った躑躅の木が堤いっぱい繋っていた。自動車の運転手が、これが蹴上《けあげ》の躑躅だと教えてくれた。

疏水のほとりで降りて、それから橋を渡り、流れに添ってぽくぽく歩いてみた。何と云う町なのか知らないけれども、郊外らしく展《ひら》けていて、新らしい木口《きぐち》の家が沢山建っていた。それでも、時々、廃寺のような寺があったり、畑や空地《あきち》などがあった。寺の門を配した豪奢《ごうしゃ》な別荘もある。廃寺の庭は広々とした芝生《しばふ》で、少年が一人寝転んで呆《ぼ》んやり空を見ていた。白い雲が、疏水の水に影をおとして流れている。いい天気だった。堤の下の赤松越しに、四条行きの電車が走っている。電車道の人家の庭には白い卯《う》の花《はな》がしだれて咲いている。磚茶《せんちゃ》の味のような風が吹く。ごろりと横になりたいような景色だった。蹲踞《しゃが》んで水《み》の面《も》をみていると、飛んでゆく鳥の影が、まるで鮘《かます》かなんかが泳いでいるように見える。水色をした小さい蟹《かに》が、石崖《いしがけ》の間を、鳌《はさみ》をふりながら登って来ている。虻《あぶ》のような羽虫《はむし》も飛んでいる。河上では釣《つり》をしている人もいる。何が釣れるのか知らない。底まで澄んでみえるような水の青さだった。時々、客を乗せた屋形船《やかたぶね》が下りて来る。大津へ帰る船は、船頭が綱を引っぱって、なぎさを船を引いて登って来ている。船は屠殺場行きの牛のようにゆるく河上へ登っている。水のほとりの桜はまだ咲いていた。青葉の間に散りぎわの悪い色褪《いろあ》せた花をのこして、なぎの日のような煙った淡さで咲いていていた。

堤を降りて、道を探しながら電車道の方へ行くと、洋服を着た子供たちが、京言葉で泥あそびをしていた。

電車の駅近くへ出ると、小料理屋の間に挟《はさ》まって、大石内蔵之助《くらのすけ》の住んでいたと云う、写真や高札《こうさつ》を立てた家があった。黄昏《たそがれ》ちかくて、くたびれきっていたが私は這入《はい》ってみた。家の中は暗くていい気持ちではなかった。入口から等身大の義士人形がずらりと並んでいた。打ち入りに使った色々なものがてすりの向うに飾ってあったが、暗くて詳しく眼に写って来なかった。小砂利が家じゅう敷きつめてあって、地獄極楽を観に来たような感じだった。義士人形は古いせいか、顔の色が褪《あ》せて、指がかけていたり、鼻がこぼれていたりして、気味の悪い姿だった。

*

電車で宿へ帰ると、また風呂へ這入り、わたしは机の前に坐ってみたが、何となく落ちつかないで困ってしまった。明日の十二日は啄木《たくぼく》の記念日だと云うのだけれども、啄木が生れた日なのか亡くなった日なのか、それさえわたしは知らない。読むにはどんな歌がいいだろうと、わたしはトランクから啄木歌集を出してあっちこっちめくってみた。

百年《ももとせ》の長き眠りの覚めしごと
呿呷《あくび》してまし
思ふことなしに

山の子の
山を思ふがごとくにも
かなしき時は君をおもへり

こんな歌が眼にはいった。辛《つら》くなるような気持ちだった。一条大宮と云う処はどんな処なのだろう。羅生門《らしようもん》と云う芝居を見ると、頭に花を戴いた大原女《おはらめ》が、わたしは一条大宮から八瀬《やせ》へ帰るものでござりまするど云う処があったが、遠い昔、一条大宮と云う処はわたしになつかしい人の住んでいた町の名であった。懶《ものう》いので横になって啄木を読む。

空知《そらち》川《がわ》雪に埋《うも》れて
鳥も見えず
岸辺の林に人ひとりゐき

むかし空知の滝川と云う町にわたしも泊ったことがある。旅空でこんな歌を読んでいると、夙《とう》から旅にいるような気持ちだ。

十二日は朝から雨だった。紫《し》竹《ちく》桃《もも》の本町《もとちょう》のお波さんへ電話をかける。正月大阪へ来た折に文楽の人形を頼んでおいたのが出来たかどうか。首がまだついていないけれども、衣装が美しいから早く見せたいと云う返事だった。「そんなら、神戸の帰りに寄りますけど、それまでには出来てる?」と訊《き》くと、あんじょう出来てますと云う返事なので、わたしはすぐ雨の中を神戸へ行き、窪川鶴次郎《くぼかわつるじろう》氏、渡辺順三《わたなべじゅんぞう》氏たちと逢い、啄木の講演を済ませて神戸の諏訪山の宿へ二泊して、十四日に尾道《おのみち》へ発《た》って行った。ふと、海がみたくなったからだ。汽車が駅々へ着くたび昔聞き馴れた田舎《いなか》言葉がなつかしく耳に響いて来る。わたしはさまざまな記憶で落ちついていられなかった。歓《よろこ》びで、胸がはずんでいた。幼い日の女友達に逢いたいとおもった。もう女学校を卒業して十年以上になるのだから、その人たちはみんな奥さんになって、子供があるに違いない。

＊

尾道の駅には昼すぎて着いた。新らしい果物屋、新らしい自動車屋、新らしい桟橋《さんばし》、何か昔と違った新鮮な町に変っていた。道も立派になり女車掌の乗っている銀色のバスが通っているけれども、いまだに昔と変らないのは、町じゅうが魚臭《さかなくさ》いことだ。その匂《にお》いを嗅《か》ぐと母親を連れて来てやればよかったとおもった。だが、あんまり町が立派になっているので、歓びがすぐ失望にかわって行ってしまう。町では文房具屋にかたづいている友達を尋ねてみた。もう四人もの子もちだった。

「まア！　誰かとおもえば、あんたですかの、どうしなさったんなア、こんなにとつぜんで、ほんまに、びっくりしやんすが喃《のう》」

そう云って、その友達は、白粉《おしろい》の濃い綺麗な顔で、店の暗い梯子段《はしごだん》を降りて来た。

――わたしは海添いの旅館に宿をとった。障子を開けると、てすりの下が海で、四国航路の船が時々汽笛を鳴らして通っている。向島のドックには色々な船が修理に這入っていた。鉄板を叩《たた》く音が、こだまして響いて来る。なごやかに景色に融けた気持ちであった。ひそかな音をたてて石崖に当る波の音もなつかしかった。てすりに凭れて海を見ていると、十年もの歳月が一瞬のように思えて仕方がない。この宿屋に泊るのに、金は大丈夫だったかしらと、何の錯覚からかそんな事まで考えたりした。

昔、わたしはこの町で随分貧しい暮らしをしていた。さまざまなものが生々と浮んで来る。その当時の苦痛がかえってはっきり心に写って来る。休止状態にあったみじめな生活が、海の上に浮んで来る。わたしは昔のおもい出で、窒息しそうに愉《たの》しかった。その愉しさは狂人みたいだった。Y襯衣《シャツ》の胸の釦《ボタン》をみんなはずして、大きな息をしたいほどな狂人じみた悲しさだった。明日は因《いん》の島《しま》へ行ってみようと思ったりした。

風呂から上ると、わたしは廊下を通る女中を呼びとめて、上等の蒲団《ふとん》へ寝かせて下さいと頼んだ。なりあがりものの素質をまるだしにしてしまって、だが、その気持ちは子供のような歓びなのだ。わたしは海ばかり見ていた。ちぬご、かわはぎ、かながしら、色々な魚が宙に浮んで来る。

夜になると宿屋の上をほととぎすが鳴いて通った。この町では晩春頃からほととぎすが鳴きに来た。学校の国文の教師や、女友達が遊びに来てくれた。子供を寝かしつけていて遅くなったと云う友達もあった。

＊

翌日は早く起きて因の島行きの船へ乗った。風は寒かったがいい天気だった。船が町に添って進んでゆくので、わたしは甲板に出て町を見上げた。わたしの住んでいた二階が見える。円福寺と云う家具屋の看板が出ていた。わたしは亡くなった義父の棺桶《かんおけ》を見ているような気持ちだった。千光寺山には紅白の鯨幕《くじらまく》がちらほら見えた。因の島の三ツ庄へ行くのを西行きとまちがえてたくまと云う土地へ上った。船着場の酒屋で、歩いてどの位でしょうと訊くと、一里はあるだろうと云う返事なので、荷物が大変だと、船をしたてて貰って三ツ庄へ行った。小さい和舟の胴中に、モオタアをつけた木の葉のような船で、走り出すと、頬《ほお》がぶるぶるゆすぶれる。はぶの造船所の前を船が通っている。社宅が海へ向って並んでいる。初めて嫁入りをして行った家が見える。もう、あの男には子供が沢山出来ているのだろうと、ひらひらした赤いものを眼にとめて、わたしはそんなことを考えていた。

造船所の岬《みさき》の陰には、あさなぎ、ゆうなぎと書いた二そうの銀灰色の軍艦が修理に這入っていた。白い仕事服の水兵たちがせっせと船を洗っている。赤い筋のある帽子が遠くから蛍《ほたる》のように見えた。三ツ庄へ着いて親類の家へ行くと、子供も誰もいなくて、若夫婦が台所の土間で散髪をしていた。小さい犬がわたしの膝《ひざ》へ飛びあがって来た。髪を刈りかけて、若夫婦は吃驚《びっくり》して走って来た。

「とつぜんぞやがのう、どうしたんなア、わしゃ、誰かおもうて吃驚したが喃《のう》」

尾道でも同じようなことを言われたと云って、わたしは、犬と一緒に庭の中をあっちこっち歩いてみた。

「そりゃアまア、よう来てつかアさった。えっとまア御馳走しやすんで、ゆっくりしとってつかさい喃」

若い主婦は何からしていいかと云う風に、立ったり坐ったりしている。いいかなご、まて貝、がどう、そんなものを煮て貰ってたべた。田舎の味がして舌に浸《し》みた。遠くの荒物屋へ風呂を貰いに行って、子供たちとかえりに海へ行ってみた。あんまり森《しん》とした海なので、まるで畳のようだと云うと、子供がこんな黄昏《たそがれ》を鯛なぎと云うのだと教えてくれた。鯛が入江へ這入って来る頃は、海が森となぎて来るのだと云っていた。小波《さざなみ》の上を吹く風の音さえ聞《きこ》えそうに静かな海だった。夜になると、この辺の船は、洋灯をつけていたが、いまもそうなのだろうか。——島へ来て島の人たちの生活を見ていると、都会の生活とは何のかかわりもないのだ。漁師は漁をし、子供は学校へ行き、百姓は土地をたがやすのに忙《せ》わしいし、造船所の職工は職工で朝から夜まで工場だし、一軒しかない芝居小屋も幾月となく休みだと云うことだ。学校帰りの子供がつくしを沢山とって帰っている。何時《いつ》の日か金の値うちがなくなり、田舎をたよりにしないと誰が云えよう。そう云う暮らしに早く帰って来たいとおもった。自分で食べるものをつくって暮らすのは愉しいことだろうとおもった。地酒をよばれ一泊して尾道へ帰った。

*

学校の図書庫の裏の秋の草
黄なる花咲きし
今も名知らず

尾道では女学校の庭へも私は行ってみた。女学校には図書庫はないけれど、講堂の裏に、小さい花畑があり猫塚があったりした。そこには小さい花が沢山咲いていた。新らしく出来た運動場には桜の並木にかこまれて、生徒たちがバスケット・ボールをして遊んでいた。

帰りは神戸へも大阪へも寄らず京都へ降りて西竹へ行った。人形が出来て来ていた。幾月か空想していた人形を前にすると、あんまり立派なので(これは大変だな)と思った。

持って来たお波さんは、一人ではこわれてしまうから、わたしも東京へお供しましょうと云ってくれた。人形はびんつけで髪を結《ゆ》っていた。半襟《はんえり》に梅の模様があるのは、野崎村の久松《ひさまつ》の家に梅の木のあるのをたよりにしたのだからと云うことだった。手は踊りのように自由に動く。まだ娘だから喜怒哀楽がないのだと云って、お染《そめ》の人形は、まないじりをすずやかにあけて、表情のない顔をしていた。あんまり人形が美しいので、成瀬《なるせ》無極《むきょく》氏や山田一夫氏にも宿へ来て貰って観て貰った。雨が降っていた。肩さきがぬれるほどな細かな雨だった。

三人分の三等寝台を買いに行って貰ったが、一つも買えなかったので、わたしたちは空《す》いていそうな遅い汽車に乗った。坐ったなりで身動きも出来ないほどのこみかただったが、途中名古屋あたりで一番上の寝台が空《あ》いているのをボーイが知らせて来たのでその寝台に人形を寝かせて帰った。人形の寝ている寝台の下は五ツともみんな男のひとばかり横になっていた。

恋愛の微醺《びくん》

恋愛と云うものは、この空気のなかにどんな波動で飛んでいるのか知らないけれども、男が女がこの波動にぶちあたると、花が肥料を貰ったように生々として来る。幼《おさ》ない頃の恋愛は、まだ根が小さく青いので、心残りな、食べかけの皿をとってゆかれたような切ない恋愛の記憶を残すものだ。老《ふ》けた女のひとに出逢うと、娘の頃にせめていまのようなこころがあったらどんなによかったでしょうと云う。だから、心残りのないように。深尾〔須磨子〕さんの詩に、むさぼりて　吸へどもかなし　苦《にが》さのみ　舌にのこりて　吸へどもかなし、ばらの花びら　こんなのがある。どんな新らしいと云う形式の恋愛でも、吸へどもかなし　苦《にが》さのみで、結局、魂の上に跡をとどめるものは苦《にが》さのみじゃないだろうか。私は新らしいと云う恋愛の道を知らない。新らしいと云うのは内容のかわった恋愛と云う意味ではなく、整理のついた恋愛を云うのかも知れないけれども、すぐ泥にまみれたかたちになってしまう。——懶惰《らんだ》で無気力な恋愛がある。仕事の峠《とうげ》に立った、中年のひとたちの恋愛はおおかたこれだ。

この間も、ある女友達がやって来て、あなたはいま恋愛をしていないのかと訊《き》く。恋愛もいいけれど怖いようなと云うと、その友達は恋愛になまけてしまってはいけない、恋をすれば、仕事も逞《たく》ましくなり、軀《からだ》も元気になるものだと話していた。

その友達の話して行った中、こんな例がある。子供が二人あって、良人《おっと》に死別した絵を描く若い寡婦が、恋の気持ちを失って来ると、心がだんだん乾いて来て、生活がみじめになって、絵もまずくなり、容貌も衰えて、どうして生きていいのか解らなかったのだけれども、ふとすきな青年をみつけて、その男と仲よくなってしまったら、急に容貌も生々と美しくなり、絵もうまくなり、そうして、何より面白いことには、二人の子供を叱《しか》らなくなったと云うことだ。恋愛のない時分は、いつも苛々《いらいら》していて、朝から晩まで子供ばかり叱っていたのだと云う。

道徳の上から律してゆけば、この未亡人の恋愛はどんな風なものなのか、私には解らないけれども、これは可憐《かれん》な話だとおもう。恋人に逢った翌《あく》る日は、てきめんに生活が豊富になると云うのだ。この若い寡婦はまた、その男とは結婚しないと云う約束のもとに二、三年も濃《こま》やかな愛情をささげおうていると云うことだが、こんな恋愛は新らしいとは云えないだろうか。結婚をするといっぺんに厭《いや》になりそうな男だけれども、恋愛をしていると、何かしげきされて清々《すがすが》しいのだと云うことだ。――十代の女の恋愛には、飛ぶ雲のような淡さがあり、二十代の女の恋愛には計算がともない、三十代の女には何か惨酷《ざんこく》なものがあるような気がする。

本当の恋愛とはどんなのをさして云うのだろう。サーニンのようなものを云うのだろうか、エルテルの悩みのようなものだろうか、それとも、みれん、女の一生、復活、春の目ざめ、ヤーマ、色々な恋愛もあるけれども、どれもこれも古くさくてぼろぼろのようだが、また、考えれば、どれもこれも新らしいとも云える。――恋愛をしてごらんなさい生々するから、そう云った友達の言葉が、私につぶてになって飛んで来る。すると、いままで良人の蔭で目をつぶっていたような気持ちが、急に生々とたちあがって羅紗《らしゃ》の匂いの新らしい背広姿に好意を持ったり、襟足《えりあし》の美しさや、時には、よその男のもっている純白なハンカチの色にさえ動悸《どうき》のするような一瞬があるのだ。そうして、その動悸は肉体を苛《いた》めつけるような苦しいものがともなっている場合がある。よその奥さんの気持ちの中に、こんな気持《こころ》はミジンも湧いて来ないものだろうか。結婚をして、一人の男を知ると十七、八の娘のころのように雲のような恋愛はいやになってしまう。恋愛の気持ちのあるたびに、いちいち良人と別れるわけにもゆかないけれども……。

　十年も連れ添うた夫婦で云えば、良人の方には色々なかたちで愉しみの世界があるけれども、奥さんはどんな風にしてとしをとってゆくのだろう。結婚をしているひとたちの恋愛には交通巡査がいる。あぶなくないように恋をしなければならぬ。あやまってよそのくるまに突きあたろうものなら、入院費もかかるし、家族も仕事に手がつかない。交通の整理された恋愛は、悪いことだとはおもわない。私は現在ひとの奥さんだけれど、しみじみこんな事を考える折がある。旦那様に対して申しわけのないことだけれども、旦那様だって何を考えているか判ったものじゃない。きびしい眼からみれば、ふしだらな事かも知れないけれども、この世にあふれている無数の夫婦者の中に、こんな気持ちのない夫婦者はおそらく一人もありはしないだろう。一人の処女が結婚をして、初めてよその男に恋をするのは、あれはどうした事なのだろうか。見合結婚をして、一人の男の経験が済むと、何か一足《いっそく》とびに違った世界に眼がとどいてゆく。良人の友達の中に、あるかなきかの恋情を寄せてみたりする場合もある。そのあるかなきかの恋情は、ほんの浮気のていどで、家庭を不幸にするものじゃないとおもうがどうでしょうか。

　良人と添寝《そいね》しながらも、なおかつよその男の夢を見るのだ。その夢の中の男をしばって貰うわけにはゆかない。これも、変型だが、恋愛の一つだろう。たとえクリスチャンの奥さんでも、こんな夢の一つ二つの記憶はあるに違いない。交通整理のゆきとどいた町には怪我人が少ないように、恋愛の道には整理が必要だ。

　理想的な恋愛を私に云わしむれば、およそ悲劇的な影のない恋愛がのぞましい。私の知人にこんな例がある。その男は五十歳の男だ。奥さんと大学に行く子供がある。非常に平和な家庭で、波風一つたたない生活だそうだ。だが、その五十になる男のひとには、奥さんと同じ年配の恋人があり、ちょうど十五年も恋愛関係がつづいていると云うのだ。何と云う愕《おどろ》くべき旦那様なのだろう。その十五年の間に、恋人はある商人の家に嫁に行ったが、それでも一年に一ぺんは逢うと云うのだ。七夕のようだとその男のひとは笑っていたが、私は吃驚した。奥さんはただの一度も旦那様をうたがわないし、十五年も恋人と逢いつづけているとは露ほども知らないのだと云う。こんな大嘘つきの旦那様を持った奥さんは幸せと云っていいのか不幸と云っていいのかわからないけれども、私から云えば、おそらく、幸福なひとのような気がする。おそらく、その男のひとは、棺桶《かんおけ》へ這入《はい》るまで、奥さんをだましおおせるに違いあるまい。奥さんは良人が死んでからも、あのひとはいいひとだったと幸せに思っている事だろう。その男のひとの云うのには、恋人があったから、至れりつくせりの真情をもって妻を愛しておられた。だから奥さんは浮気心をおこすひまがないのだそうだ。毎日洗濯をしたり、子供と散歩したりして、幸福らしいと云うのだ。では、その恋人の気持ちはどんなものでしょうと尋ねると、これもまた、十五年の長い歴史があるから、何も云わなくても、かなしみもよろこびも判りあい、不貞だとはおもっていないと云うことだ。恋愛を悲劇にしてしまうのは、恋愛に甘くなるからだろう。正直になろうとしたり、その恋愛に純粋になろうとすることは、さしさわりのない人間同士の間のことだ。未婚の男女の恋愛には、既婚者のように徹するような思慮があるだろうか。私は解らなくなってしまう。

恋愛に就いて、正直も純粋も大切だとはおもうが、もっと大切なことは、自分の周囲に火《ひ》の粉《こ》を散らさぬ用心だろう。つつましい朗《ほが》らかな恋愛だったら、不貞と云いきれないような気がする。だが、かなしいことには人間同士だから、よっぽど用心しないことには泥まみれになり、あたりの人に笑われなければならない結果になることもあろう。

恋愛をすれば、勿論《もちろん》肉体も精神もそれにともなってゆくべきだろうけれど、もしも私に、恋愛がみつかったならば、私は恋人に身心をささげながら妙なかしゃくを感じるだろう。私たちの生きている世代ではこれは不貞至極《しごく》なことだからだ。もしも、私にこんなことがあったら、何等《なんら》悲劇のともなわない恋愛などと口にしていても芯《しん》ではひどいかいしゃくを感じるのはあたりまえの事だ。ひとの旦那様の恋愛と、ひとの奥様の恋愛をくらべてみると、月とすっぽんのような違いだ。ひとの奥様は恋をしてはならないのだ。支那へ行くと、目隠しをされた牛が水車をまわしている。牛を追う男は、時々煙草《たばこ》を出して吸ったり、空を見上げたりして、眼を愉しませている。さしずめ旦那様はその牛を追う男で、女は目隠しをされた牛のようなものだろう。牛も目隠しをとって、四囲《あたり》をながめさして貰いたいものだ。

美しくて朗らかで、誰にも迷惑を及ぼさない恋愛は童児たちでなければ望めないことかも知れない。精神的なものがあふれて来るほど、恋愛は悲劇的でものがなしくなって来る。恋愛の微醺とはどこの国へ行ったらあるのだろうか……。

どこの国でも、恋愛物語で埋れているようでいて、恋愛の微醺を説いた物語は皆無だ。恋愛は生れながらにして悲劇なのだろう。悲劇でもよいから、せめて浪漫《ロマン》的な恋をとおもうが、すでに、世の中はせち辛《がら》くなっていてお互いの経済の事がまず胸に来る。

夫婦同士は貧しくてもいいけれど、恋愛は貧しくては厭だ。しみったれて、けちけちした恋愛はまっぴらごめんだ。せめて恋愛の上だけでも経済を離れた世界を持ちたい。

私はひとの奥さんだから、弱みそで困る。吸へどもかなし、ばらの花びら、こんな気持ちは心の上だけの遊びで、これも煙《けむ》りのような懐情の一つ。

　未婚の者同士の恋愛は、どんな楽隊がはいってもいいからはなばなしくやってもらいたいものだ。巴里《パリ》の街のアベックのように、未婚の者の美しい恋愛は、遠くからみていても、けっして厭なものじゃない。大いに微醺を享楽して貰いたいものだ。どんなに貧しい恋人同士でも、恋のさなかにあれば王侯の如《ごと》しである。新らしい恋愛には経済も必要かも知れないけれど、ささやかながら、秩序正しく清純であってほしい。

　私も、やがて、としをとれば、素晴らしい恋愛論が書けるようになるかもしれない。書けるようになりたいとおもっている。一人や二人の男を知っただけでは本当の恋愛なんて判らないのじゃないだろうか……。やがて、壮麗な恋愛論を一つ書きたいものだ。

平凡な女

奥様同士が子供を連れての立話に、

「まア！　お久しうございます。皆様おかわりもなくていらっしゃいますか、一番お末の方、もう、こんなにおなりでございますの？」

「ええもう八ツになりまして、一年生でございますの」

「あらまア、そうですか、ほんとに早いもので、宅のがもうあなた尋常四年生でございますものね」

以前の私が、道の行きずりにこんな話を聞いたならば、子供が八ツになって小学校へ行くのはあたりまえの事で、女同士の話題の狭さにぷりぷり腹をたてていたかも知れない。だが、このごろは途上でそんな立話を小耳にしても腹が立つどころか、日向《ひなた》でぬくぬくとしているような心温かなものを感じるし、女らしくていいものだと考えるようになって来た。一年々々と生活の垢《あか》が浸《し》みついて来たのだろう。その垢のついたことをめでたく思い、さきのような会話にも「なごやかさ」「愉《たの》しさ」を感じるとすれば、私は市井《しせい》の平凡なものに民衆の大根《おおね》を感じているのだろう。

ある知識婦人が二、三人寄っての座談の記事をこのごろ読んだことがある。全く虫酢《むしず》のはしるような会話ばかりであった。その女のなかのある一人は、朝夕の飯の支度《したく》の煩《わずら》わしさに、弁当屋から弁当を入れさせてみたが、カロリーが足りないので止《や》めたとか、またある一人は、小説を書く為に良人《おっと》と別居生活をしているとか、足袋《たび》のつくろいや洗濯仕事は、一生苦学しているようでつまらないとか、まるで井戸端会議式なことが論じられていたが、これが知識婦人であるだけに寒々としたものを感じる。

　そのようなひとたちの良人になるひとこそさいなんだと考える。人参《にんじん》や大根を刻むこと

母キクと下落合の西洋館の庭で，1938 年

が道楽だといって片づけられているが、こんな荒っぽい女性に私たちはどんなキタイをかけたらいいのだろう。

十人十色《といろ》かもしれないが、私は家族の飯ごしらえもして、洗濯から掃除もたいていい自分でやっている。少しもわずらわしいとは思わない。といって別に愉しいとも道楽とも考えないが、何も台所や洗濯を忘れることが女の栄誉とも考えていない。外出する時は後にのこっている家族たちのたべものまで云って出て行く、安心して外出が出来る。足袋のつくろいも日向ぼっこしながら、一足ずつやっておく、別に愉しい仕事とは思わないが机の前につくねんとしているよりはいい。健康的で空想はほしいままだ。非常にむつかしい言葉で色々と女の生活が論議されていたが、早いことといえば、自分の仕事のために女の生活が煩わしいというのである。どの世界にでも、いっそ口髭《くちひげ》をつけて歩いておればよいようなむつかし気な女性が一人二人はあるものだ。

私は、市井ありふれたお神《かみ》さんが子供を四、五人も抱えてあくせくしているのを、昔は気の毒だと思ったこともあったが、そのお神さんたちは案外幸福気なのだろうと考える。朝夕、子供が着物を汚して来ることに不服をいいながら、三百六十五日洗濯ばかりしている。それでいいと思う。そのひとたちから洗濯や子供を取りあげたらどんなものが残るのだろう。子供を託児所へやるために子供の社交性を訓練[illegible]なければという名流婦人もあったが、子供の社交性とは何ぞやである。――話は違うけ[illegible]も、私は子供の本や雑誌や教科書を手にして何時《いつ》も寒々としたものを感じるのだが、[illegible]ついたべたべたした子供の雑誌は何とかならないものだろうか。十銭ぐらいで子供[illegible]、重みたいなものが出来るといいと始終考えている。小学校の教科書にしても、私[illegible]をカンゴク色だと云っている。お上《かみ》のお役人がおぎりでつくったような本であ[illegible]い色、明るい活字、すがすがしい紙、健康な絵を、あの教科書はみんな忘れてしま[illegible]いる。沢山のお母さんたちが、もっと子供の本に就《つい》てアリチブになってほしいと思う。

私も、そろそろ子供のほしい年ごろになり、二、三人はほしいものだと思っている。子供を背にくくりつけて働いているお母さんを見ると、日本の女はえらいと思う。いろいろの婦人運動も、まず子供が生れてからだとも考える折がある。子供のある人は温かで、りりしくて、聡明だ。自分の生活や人の生活を暗澹《あんたん》としたものにはしない。良人と別居することや、弁当屋から飯を取ることや、肌衣《はだぎ》を洗濯屋へ出すことで、女の仕事がどんどん運ぶのだったら、私も真似をしたい。

現在の知識婦人の中に、市井の平凡なお神さんや娘さんの心にも達せぬ浅はかなひとが多いのはどうしたことだろう。「美しさ優しさ」を軽蔑誤解して、口に猛々《たけだけ》しいことをいうのは笑止なことだ。

遠き旅路にゆく人は
いとしきものをともなえよ
よろこびわらうよそびとの
などかかえりみん旅人を

私はアイヘンドルフのこの詩が好きだ。女のひとたちがこんなに優しかったら愉しいだろう。優しいというのは男に甘えることではない、空虚で何もないくせに、ひとかど生活は煩わしがっている知識婦人を私はきらうのです。

可愛い女優さん

堤真佐子と云う女優さんは好きな女優さんです。このあいだ煙草《たばこ》の広告に堤さんの大変可愛い写真が出ていました。むかし、わたしの放浪記の撮影の時、砂風の吹く寒い日、PCL〔現・東宝〕でたった一度逢ったきりですが、その時のかんじは隣家の嬢ちゃんと云った風な愛くるしさで、わたしの好きな型のひとでした。演技はまだまだ無邪気でいいとはおもいませんが、いくらでも伸びる素直なひとだとおもいます。このひとの写真を観ていると、何気なくっていいとおもいます。このひとの写真を観ると、何時《いつ》も、汝《なんじ》の立つところを深く掘れ、そこには必ず泉ありと云う言葉をおもい出します。一作ごとに、このひとの感じはよくなってゆくでしょう。感《かん》の悪い女優さんは大成しませんからね。このあいだも、ある雑誌社で、女優さんでは誰が好きかと問われ、堤さんを挙げておきましたが、わたしが男だったらこんなひとをお嫁に貰いたいとおもいます。堤さんの他には、竹久千恵子さんもいいじゃありませんか。舞台に立って苦労しているひとだから、りりしい処がありますｏ舞台に立っているひとと、映画に出ているひととくらべると、舞台の経験のあるひとの方が、何だか立派に見えるのはどうしたことでしょうか。——あんまりものごとを知りすぎている女優さんもいけないのでしょうが、ものを知らない顔だけの女優さんも困るとおもいます。わたしが何時か小さいものをお願いした女優さんに、シラノ・ド・ベルジュラックを知らない方がありましたが、これには吃驚してしまいました。シラノドベルジュラルクと読んでいるのです。判らなかったら訊《き》く、判らなかったら勉強する、これが本当じゃないでしょうか。人気が出だすと、秘書のようなおつきのひとがついていて、どこへ出るにもぎょうぎょうしいのには愕《おどろ》いてしまいます。一人で勉強する時間をつくって、一人で歩く。これからの女優さんは、人気が出て会社のひとに大切がられるのもいいでしょうが、あれはもっとどうにかならないものかとおもいます。馬にも乗れたり、水泳も出来たり、ピアノも三味線も弾ける女優さんは日本にはまだいないのでしょうか。自分の仕事を忙しがるのもよいが、自分の仕事に愛と努力を持つことの方が大切だとおもいます。わたしは亡くなった伊沢蘭奢《いざわらんじゃ》さんが、誰もいない舞台で何時も何度も一つせりふをおけいこしていたということを人にきき感心したことがあります。——好きな女優さんでは、夏川静江、岡田嘉子、飯田蝶子、東山千栄子《ひがしやまちえこ》、細川ちか子、田中筆子さんなど好きです。細川さんは、このごろ、どうしてあんなに美しくなったのでしょう。以前築地〔小劇場〕の頃の細川さんは、あんまり美しいともおもいませんでしたが、このごろは、愕くばかり綺麗で、溢《あふ》れるばかりの芸を持っています。自分で掘りあてた美しさなのでしょう。世々常住なるは流転《るてん》のみだ。生は死にいたる永劫《えいごう》の出血であるとビョルネの言葉にありますが、細川さんの生きかたは、流転すればするほど、尖《とが》りがまして来るのではないかとおもいます。あのひとを主演にして、もっといい映画が出来るとおもいますがどうでしょう。雲右衛門もよかったが、違う意味でマズルカのようなのも、あのひとにはやれるとおもいます。

このほかに、三色菫《すみれ》のように可愛い女優さんで梅園龍子さんがいます。浅草のころから知っていますが、このひと位地味で真面目なひとは女優さんでもすくない。このひとの踊《おどり》を生かした映画を観てみたいものです。

若さや、顔の美しさは一瞬だが、芸の美しさはなかなか一朝《いっちょう》にはすたらないとおもう。小林一三《いちぞう》氏におめにかかった時、どんな女優さんをお選びになりますかと訊くと、まず躯《からだ》のいいのと云われたがこれは本当だとおもいました。躯を立派にすることは、女優として何より大切なことでしょう。着物や化粧をギンミすることも大切ですが、健康な躯を持つこと、円満な常識を持つことは、これは女優として一番じゃないかとおもいます。――わたしは、レヴュウの方はあまり観たことがありません。レヴュウの生徒では天津《あまつ》乙女《おとめ》や草笛美子だとか水《みず》の江《え》滝子《たきこ》などが好きです。葦原邦子も人気があるとききますが、一度舞台を観てみたいものです。――よく、女優さんに逢って、さきのことはと尋ねると、考えていないと云うひとが多いのですが、それが本当なのでしょうか。だが十年さきになって、いまのひとたちから、名前が本当に残るのは、いったい何人でしょう。頭のなかがからっぽで、おばあさんになることは厭《いや》なことですね。何時までも清楚《せいそ》なわたしたちの可愛い女優さんで置きたいものです。

新生の門
――栃木の女囚刑務所を訪ねて

わたしは刑務所を見にゆくと云うことは初めてのことです。早い朝の汽車のなかで、わたしは呆《ぼ》んやり色々のことを考えていました。

この刑務所をみにゆくと云うことは、本当は一ケ月前からたのまれていたのですけれど、何だか自分の気持ちのなかに躊躇《ちゅうちょ》するものがあって、のびのびに今日まで待ってもらっていたのです。

朝の汽車はたいへん爽《さわや》かに走っています。野も山も鮮かな緑に萌《も》えたって、つつじの花の色も旅を誘うように紅《あか》い色をしていました。わたしは、その一瞬の飛んでゆく景色にみとれながら、女囚のひとたちをみにゆく自分の気持ちを何だか残酷なものにおもいはじめているのです。わたし自身、人間的な弱点をたくさん持っていますせいか、ほんとうはこうした刑務所見学なんか困った気持ちになるのです、こうしたほのぼのとした景色から長い間別離されてしまって、ある運命の摂理のなかにいる女囚のひとたちのことを、わたしはどんな風にみればよいのかと、そんなことばかり不安に考えていました。

栃木の町には朝十一時頃着きました。

駅へは教誨師《きようかいし》の方だと云う若い女のひとがわたしたちを迎えに来ていて下さったのですが、この方から貰った名刺には、栃木刑務所勤務、教誨師、大西ヤスヱと書いてありました。こんな若いひとが教誨なさるのかと、わたしはちょっと明るい気持ちで、お迎えの自動車に乗ったのですけれど、自動車にゆられながらも、わたしは何か自分自身に頼りないものを感じているのです。

白く反射した明るい栃木の町は、たいへん素朴な町におもえました。宿屋だの、バスの発着所だの、小さな飲食店だの、自働電話だの、わたしは自動車の窓から、これらの町の景色を眺めていましたが、案外なことには、駅から刑務所までは五分とかからないところにあって、刑務所の玄関は、まるで明治のころの弁護士の家でもみるようです。いわゆる刑務所の概念をもってきたわたしには、意外にもなごやかな門構えだったのに吃驚《びっくり》してしまいました。灰色の鉄門を這入《はい》ると、古い木造建ての建物があるのですけれど、正面の広い部屋には教誨師の方が沢山いられるようでした。——看守長の須田安太郎氏の御案内で、やがてわたしは二、三人の女の教誨師の方たちと、女囚の生活をみてまわったのですけれど、ここでもわたしは駅の前で眼をまぶしくした、あの太陽の白い反射をふっと獄窓《ごくそう》のなかに眺めることが出来たのです。お陽《ひ》さんが流れるように射しこんでいます。わたしは溢《あふ》れるような自然の愛情を感ぜずにはいられませんでした。

囚房の建物の入口は厚い板戸になっていて、大きな南京錠《なんきんじょう》がかかっています。なかへ這入ると、広い廊下を真中にして、左右二列に太い格子のはまった小さい独房《どくぼう》の部屋々々があって、わたしは何だかそれらの部屋々々をカナリヤ巣をみているようだとおもいました。どの部屋にも割合よく陽があたっていて、廊下より一段高くなっている房のなかは、どの部屋も畳敷《たたみじ》きで、三畳ばかりの部屋の隅《すみ》の小さい戸棚には、土瓶《どびん》だの茶碗だの、書籍なんかが置いてありました。如何《いか》にも女囚の部屋らしく、何もかもきちんと整理してあります。もうみんな仕事に出ているのらしく、わたしはここの独房の部屋では、子供をおぶったひとと二人連れでのしをつくっているおばあさんときりしかみませんでした。空《あ》いた部屋々々には、正信偈和讃《しょうしんげわさん》と云う小さい赤表紙の宗教書が置いてありました。広い廊下の四辻のところには、ラヂオが高い処に置いてあったし、小さい黒板には、涙は人生を救う、汗は貧を救うと云う文字が書いてあったりしました。

涙は人生を救うと云う文字をわたしは暫《しばら》くながめていましたが、このなかにいる女性たちは、自分の罪の前に、毎日々々どんなに泣いてあけくれを迎えていることだろうと、潸々《さんさん》と涙をながしている女囚のひとたちの深い傷痕《きずあと》がおもいやられて来るのです。いったい、女性が罪を犯すなんて、どうした罪をここでは問われているのだろうと、わたしはこの女性たちの犯罪を不思議に考えるのでした。男のするような、詐欺《さぎ》師だの、強盗だの、大山師だの、わたしは女性の犯罪としてこれらのことをすこしも考えることが出来ないのですけれども、ここでみせて貰った、現犯時の年齢と罪名《ざいめい》と云う統計書には、殺人が二十三人もあり、詐欺が十六人もあるのです。しかも一番多い犯罪としては、四十四人の放火と、六十八人の窃盗《せっとう》罪です。

幸福なあなたたちは、こんな罪のひとたちをどんなふうにお考えでしょう。わたしは、獄内をまわりながら、働いているその人たちを見るにしのびない苦しいものを感じました。同性の故かもしれません。これらのひとたちは、罪に服していると云う気持ちのせいか、案外明るい感じでしたけれど、そのひとたちと違う服装のわたくしを見て、そのひとたちは気持ちを悪くしやしないかしらと、わたしはそんな負目《おいめ》さえ感じて、みんなをじろじろみる事がどうしても出来ない気持ちなのです。

わたしがここで一番胸をうたれたのは、独房のなかで赤ん坊を背負ってのしをつくっている若い女のひとの姿でした。太い格子のなかは、頭と膝《ひざ》だけがみえる造りになっていて、真中の板戸には、ほんの眼だけみえる小窓がついていましたけれど、ここからちらと覗《のぞ》いた女のひとの眼の美しさに、わたしは暫くは誘われるように、その独房の前に立ちつくしていました。

　透明な晴ればれした眼でした。わたしは近よって、ここだけは無作法にもその小窓から覗いてみたのですけれど、青い蒲団《ふとん》を重ねてある部屋のなかで、その女のひとは痩《や》せてしぼんだような赤ん坊を背負って、小さい台の上で赤いのしをたたんでいました。その女のひとは、わたしをじっと見上げているけれど、いまにも涙のたまってきそうな、何とも云えない淋しい眼色をしていました。わたしは自分で赧《あか》くなりながらも、わたしの感傷は、何だか、ここから去るにしのびないものを感じるのです。

　皮膚《ひふ》は少女のように清純で、ひっつめに結《ゆ》った髪の色も黒くて、何よりも、その眼の美しさには、わたしはおもわず、このひとはいったい何の罪でこんなところへ坐っているのでしょうかと案内の方に尋ねました。教誨師のひとは、放火でここへ来ているのですけれど、もう一ケ月もすれば出られるひとだと教えてくれました。

背中の赤ん坊は、老人のようにしぼんで小さく見えました。ここで生れた赤ん坊なのかしらと、わたしは、世間の赤ん坊のように、何の祝福も、何の歓待も享《う》けていない、淋しい赤ん坊のために、この若いお母さんは背中の赤ん坊にどんな償《つぐな》いでもしなければならないだろうと、わたしは、異常な生涯を持つ、この小さい赤ん坊の為に、ふっと、その女のひとに怒ってみるような気持ちも心に走って来ました。だけど、壁の黒板には、涙は人生を救うと書いてあります。

わたしは、一ケ月ほどして出て行く、この淋しい親子が、もう社会でけっして不幸でないようにと祈る気持ちでした。

昔の八百屋《やおや》お七《しち》の世界から、女性の放火と云うものは、何となく激しい熱情的なものを感じさせますが、女の罪名にも、強盗なんて云うのは聞いても怖い感じです。統計のなかにも、二十歳未満の少女に強盗と云うのが一人ありました。わたしは吃驚して、どんな風な少女なのでしょうと訊《き》いてみました。

「まだ、ほんの子供みたいな娘で、由井正雪《ゆいしょうせつ》の講談本を読んで、何となく人を驚かしてみたく、夜明けに村の家へ庖丁を持ってはいったのですよ」

そんな風のことを教誨師の方が云っていましたけれど、わたしは、春のめざめの頃に感じる逞《たくま》しい空想力を、どんなにしても堪《た》え忍ぶことの出来なかった自分の少女の頃のことをふっとおもい出すのでした。

これから女の人生が始まろうとする、色々な不思議さのなかに、来潮と云うものが、どんなにわたしたちを吃驚させたことでしょう。来潮の来るころの年齢は、たいてい十七、八歳の頃でしょうけれど、このころの女の理性と云うものは、ずいぶん重たい花粉をつけて、重たい花べんとをのせているものだったとおもいます。貞操と云うことを、おぼろげに考え始めて来ます。そうして、理由のない苦痛が、この年齢にはきびしいほどおとずれて来ます。わたしは、その強盗をした少女のことも、罪は罪としても、何だか、ほほ笑《え》ましいものを感じるのでした。女の犯罪として、案外一番すくないのは治安維持法違反と、文書偽造、兌換《だかん》券偽造とか云った罪名でした。殺人の二十三人と云うのはいったいどうしたことかとわたしは暗然となるのです。

教誨師の方々の話をきいてみると、殺人をした女囚と云うのは、たいてい田舎のひとが多くて、しかも百姓の女のひとが多いのだと云うことでした。

いままで気を合せてせっせと働いていた百姓の夫婦者が、すこしばかり生活が楽になってくると、良人《おっと》が他に女をつくり、家を捨ててかえりみない場合、妻が逆上して殺人を犯す場合もあり得ると思います。よく世間では、男の犯罪の後にはかならず女があると云いますけれど、こうした場合、どう云う風に云えるものでしょうか。道徳はきびしいものです。女の犯罪は、何時《いつ》も自分の家庭に関係しているようです。わたしは、現犯時の年齢と罪名と云う統計の一つをここへ書いてみましょう。

年齢と罪名をてらしあわせてみますと、その年齢によって、年々の女の生活がよくわかって来るような気がします。

十八歳未満が、窃盗二人、嬰児《えいじ》殺し一人。

二十歳未満が、窃盗二人、強盗一人、放火二人。

二十五歳未満が、窃盗四人、詐欺二人、殺人一人、嬰児殺し二人、放火四人、治安維持法違反一人。

三十歳未満では、窃盗十一人、詐欺四人、殺人四人、放火五人。

三十五歳未満は、窃盗四人、詐欺二人、傷害一人、殺人六人、嬰児殺し三人、放火五人。

四十歳未満では、窃盗八人、詐欺二人、殺人一人、嬰児殺し三人、放火六人、治安維持法違反一人。

五十歳未満、窃盗十八人、詐欺五人、殺人四人、嬰児殺し五人、放火十人、賭博《とばく》一人。

六十歳未満は、窃盗十五人、詐欺一人、殺人六人、嬰児殺し三人、堕胎《だたい》一人、放火九人、贓物《ぞうぶつ》収受一人、文書偽造一人。

七十歳未満では、窃盗四人、殺人一人、嬰児殺し一人、放火三人、賭博一人、兌換券偽造一人。


こんなふうな統計ですけれど、十八歳から二十歳前後には、案外に犯罪がすくなくて、年をとるほど、生活的な犯罪が多くなっていっています。おもしろいことには、月経と犯罪と云う統計のなかには非月経の時の犯罪が案外多いのでした。平時の折の犯罪が八七とすると、月経時の犯罪が二一の割合です。

独房を見てから、わたしは講堂のようなところをみせて貰いましたが、ここは広い畳敷きの部屋で、オルガンが置いてあり、教壇の後には金色《こんじき》まぶしい仏壇が安置してありました。部屋の窓々から、明るい正午の陽の光が射しこんでいて、ここはまるで小学校の裁縫教室のようなところでした。ここでは訓話をきいたり、少年囚の学課の教室にもなるのだとうかがいました。

さすが女囚の刑務所だけあって、古い建物でしたけれど、四囲《あたり》は清潔な感じです。洗面所には、よく製糸工場でみるような細い長い鏡が横に張りつけてあって、窓の外に明るい庭がみえています。広い、道場のような工場の中には、赤い着物を着たひとだの、青い着物のひとだの、濃い縞《しま》の着物を着ているひとだのが、カアキ色のエプロンをして色々な作業についていました。

織り物をするところでは、輸出向きのタフタのようなものを、動力をつかった沢山の機《はた》で織っているのですが、ここは千紫《せんし》万紅《ばんこう》色とりどりに美しい布の洪水《こうずい》です。わたしたちのパラソルにいいような、黄と青と黒の派手なチェック模様や、真夏の海辺に着たいような赤とブルウの大名縞《だいみょうじま》、そんな人絹《じんけん》のタフタが沢山出来ているそばでは地味な村山大島が、織られていたり、畳を敷いたところでは、娘やおばあさんたちが、派手な着物を縫っていたりしました。請負《うけお》い仕事なのでしょうが、とにかく、忙しく仕事をしている間と云うものは、この人たちの上に、何の暗さもかぶさっては来ないだろうとおもわれます。黒い上っぱりを着た若い女看守のひとが各部屋に一人ずつつきそっているようでした。虫除《よ》けの薬をいれる、ホドヂンと云うセロファンの薬の袋を貼《は》っているひとたちのなかに、眼鏡《めがね》をかけた赤い着物のおばあさんもいました。のしを張っている人たち、軍需品だと云う白い小さい布にミシンをあてている人たち、どのひとも、罪を犯してここへ来ているひととはみえない、なごやかな表情ばかりです。

罪とは何なのだろうとおもえるような気がしてくるそんな明るい部屋のなかでした。この、栃木の女囚の刑務所は、男のひとの参観をゆるさないのだそうで、どこもここも文字通りの女護《にょご》ケ《が》島《しま》なのです。明るい庭さきでは、洗い張り作業をしているひとたちもいました。——昔、何かで読んだ本に、刑務所の食事のことがありましたけれど、菜っぱのことを鳥またぎと云い、昆布のことをどぶ板と云うのだそうで、鳥またぎは鳥もまたいで通るような菜っぱの意味だそうですが、この刑務所はどんな食事をするのかと、わたしはたいへん興味がありました。

やがて炊事場もみせて戴き、これが今日の食事だと云う食卓もみましたが、やっぱり、何と云っても異常な場所だと云う気持ちだけは感じました。筒型にかためられた茶色の御飯と、味噌汁のようなものと胡麻塩《ごましお》、そんな風な食事でしたが、真面目に務めているひとたちには、時々お三時があると云うことです。不思議に、どのひとも元気そうに太っていて血色がよいのですけれど、どのような食事も実に愉《たの》しいのだそうです。赤い着物から順々に青とか縞《しま》とかによくなってゆくのだそうですが、縞の着物のひとなんか、まるで近所のおかみさんがちょっと手伝いに来たと云う感じでした。

ここには無期のひともいるのだそうですが、そのひとたちはどんな風な気持ちなのかとおもいます。たった一人で散歩する、金網を板囲いでしきられた遊歩所のようなところもこの建物を囲った石塀《いしべい》のそばにありましたが、狭い金網の中にも青々と雑草が繁っていて、倉庫のようなところに、背の低い真赤なけしの花が一輪可憐《かれん》に咲いていました。誰も眺める人もないだろう、この石垣のところに、ひょろひょろと咲いている沁《し》みるような赤い花の色は、時々、わたしの花のおもいでのなかへ、鮮かな色をしてよみがえって来ることでしょう。今朝は浅間《あさま》の噴火の灰がこんなに降りましたと云うことで、庭木にも雑草にも薄白く灰が降りかかっていましたが、そのぽくぽくした灰の色と、この建物は、何だか淋しい対照をみせていました。中庭の柵のなかには、赤ちゃんのおしめが沢山干してあります。さっき独房で、ひとりでのしをつくっていた女のひとのかしらと、わたしはその派手な浴衣《ゆかた》のおしめの柄《がら》を一つ一つ眺めていました。

ここの女囚のひとたちのお風呂場をわたしはみせて貰いましたけれど、これは、石の広い土間の真中に、腰高な矩形《くけい》の浴槽があって、それに背中あわせに三人ずつ、這入るのだそうです。何だか、寺の風呂のようなところでした。ささやかな憩《いこ》いの場所なのですが、ここでも時間にきめられて這入るので、世間の風呂好きの女のように勝手にふるまうわけにはゆかないでしょう。務めぶりのよいひとだったら、風呂へ這入れる率も多いのだそうです。わたしは、ここに働いているひとたちをみて、何だかこの償いが済んだら、もう再び罪を犯すようなひとはいないだろうとおもいました。どのひとの顔も将来を愉しみに働いている様子にみえます。ここでは十二時間の勤労だそうですが、勿論《もちろん》働いただけの賃金は、出所する時に貰えるわけです。

いまのところ、女囚だけの刑務所は、この栃木のと丹後《たんご》の宮津にあるのが有名だそうです。栃木の刑務所には、諸所から来るらしく、女囚の表情や骨格にも、様々な地方色が窺《うかが》えるのでした。性質と犯罪の統計には、狡猾《こうかつ》と云うのが四十二人もあり、怠惰《たいだ》と云うのがたった一人しかありません。温和と云うのが十八人、残忍と云うのが十人、概念的な統計かも知れませんが、女の狡猾と云うのは、ちょっといやな気持ちがします。また、入所時に於ける、教育程度も、高等教育を受けたものはたった一人位で、あとは無筆者が五十三人の多数です。普通教育を受けたものが六十八人、受けないものが六十三人、中等教育を受けた者が八人位だそうです。

教育のないひとたちの犯罪が如何《いか》に多いかと云うことがよくわかりますけれど、このひとたちの犯罪も、全く、善悪紙一重《かみひとえ》のふんぎりが利《き》かなかった、ほんのささやかな、くだらないところに、ここへ来る経路が生れたのではないかとおもわれます。よく、三面記事のなかに、奉公が厭《いや》だから放火をしたとか、友達が、自分よりいい着物を着ているから人のものを盗んだとか、くだらない女の罪がよくあるものです。

女性の知性と云うものは、何等《なんら》の膨脹力もなく、男のように根深い力の坐った生活力も、大概《たいがい》は落着のないものだったり、だから、犯罪の動機が、それぞれくだらない感情の発作でおきたようなものばかりじゃないかとおもわれたりします。

この刑務所は幸福なことに、たいへん明るい庭を持っているし、陽当りのいい窓も沢山持っています。十四、五人も雑居している広い畳敷きの部屋には、青い蒲団が積み重ねてありましたし、部屋の隅には水を入れる大きな壺《つぼ》だの、柄杓《ひしゃく》だの、本をのせる小さい戸棚なんかが置いてありました。雨の日は広い廊下で、ラヂオにあわせて体操をするのだそうです。天気のいい日は倉庫の裏の空地で体操をするのだそうですが、空地の向うには女囚のつくる野菜畑もつくってありました。野菜畑へ出ると、寺の屋根や、よその庭の桜の花もこのひとたちの眼を慰めてくれることでしょう。

この建物のなかには、小さい床《とこ》の間《ま》を持った部屋があって、時々少年囚に、礼儀作法や活花《いけばな》をここで教えられるのだそうです。少年囚と云うのはここでは少女たちの囚人を指して云うのですが、工場で縫物をしている娘たちのことを考えてみますと、この娘たちの肉親たちは、どんな気持ちでこの娘たちを迎えるのかと考えられてなりません。罪人としては些《さ》細《さい》な罪を犯して来ている人たちばかりかもしれませんが、このひとたちの生涯にとっては些細なものだったと云いきれない色々な気持ちがあるとおもいます。その色々な苦しい気持ちをここで洗い清めて出所して来た人にまで辛くあたる社会であってはならないとわたしはおもうのでした。どんなにでも傍《そば》へ寄ってあげて、わたしたちは、このひとたちを温かくなぐさめてあげるべきだとおもうのです。

女の刑務所だけは誰もいない刑務所にしたいものです。――教誨師の方たちは十八人も居られるそうでしたが、どのひとも若いひとばかりで暗い感じなんか少しもありませんでした。狭い散歩場に、赤いけしの花が咲いていたけれど、体操の折々あのひとたちは、あの真紅な花をどんな気持ちでながめていることでしょう。

私の先生

私は十三歳の時に、中国の尾道《おのみち》と云う町でそこの市立女学校にはいった。受持ちの教師が森要人と云うかなりな年配の人で、私たちには国語を教えてくれた。その頃、四十七、八歳位にはなっていられた方であったが、小さい私たちには大変おじいさんに見えて、安心してものを云うことが出来た。作文の時間になると、手紙や見舞文は書かせないで、何でも、自由なものを書けと云って、森先生は日向《ひなた》ぼっこをして呆《ぼ》んやり眼をつぶっていた。作文の時間がたびかさなって、生徒の書いたものがたまってゆくと、作文の時間の始めにかならず生徒の作品を一、二編ずつ読んでは、その一、二編について批評を加えるのが例になった。その読まれる作品は、たいてい私のものと、川添と云う少女のもので、私の作品が、たいていは家庭のことを書いているのに反して、川添と云う少女のは、森の梟《ふくろう》とか幻想の虹《にじ》とかいったハイカラなもので、私はその少女の作品から、「神秘的」なと云う愕《おどろ》くべき上品な言葉を知った。

十三歳の少女にとって、「神秘的」と云う言葉はなかなかの愕きであって、私はその川添と云う少女を随分尊敬したものだ。——森先生は、国語作文のほかに、珠算を時々教えていられたのだが尾道と云う町が商業都市なので、課外にこの珠算はどうしてもしなければならなかった。私の組で珠算のきらいなのは、私と川添と云う少女と、森先生とであったので、たいていは級長が問題を出して皆にやらしていた。

森要人先生は、その女学校でもたいした重要なひとでもないらしく、朝礼の時間でも、庭の隅《すみ》に呆んやり立っていられた。課外に、森先生に漢文をならうのは私一人であったが、ちっとも面倒がらないで、理科室や裁縫室で一時間位ずつ教えを受けた。頭の禿《は》げあがったひとで、組でもおぼろ月夜とあだ名していたが、大変無口で私たちを叱《しか》ったことがなかった。

秋になって性行調査と云うのが全校にあって、毎日一人か二人ずつ受持ちの教師に呼ばれて色々なことをたずねられるのであったが、私たちはまだ一年生で恋人もなければ同性愛もなく、別にとりたてて調べることもないのであったが一人ずつ呼ばれた。私も何人めかに呼ばれて、森先生は呆んやりした何時《いつ》もの日向ぼっこのしせいで「どんな本を読んでいるか」とたずねた。私は『復活』と『書生かたぎ』と云うのを読んでいると云ったら、すこし早すぎるとそれだけであった。

　森先生は、私たちが二年になると千葉の木《き》更津《さらづ》中学へ転任してゆかれた。めだたないひとだったので誰も悲しまなかった。先生の家族を停車場へおくって行ったのは生徒で私ひとりであった。私はそれからも、その先生の恩に報いるため、母にねだっては時々名物の飴玉《あめだま》を少しばかり送った。（坊ちゃんが二、三人あったように記憶していたので）暫《しばら》くして、私たちの国語の教師には早大出の大井三郎と云うひとがきまった。まだ二十四、五のひとで、生徒たちにたちまち人気が湧き、国語や作文の時間が活気だってきた。夜なんかも、この先生の下宿先きには上級生たちがいっぱい群れていた。私はこの先生に文章倶楽部《くらぶ》と云うのを毎月借りていた。大井先生はまた私に色々な本を貸してくれた。広津《ひろつ》和郎《かずお》の『死児を抱いて』と云う小さい本なぞ私は愕きをもって読んだものであった。

　ある日、昼の休みに講堂の裏で鈴木《すずき》三重《みえ》吉《きち》の『瓦』と云う本を読んでいた。校長がぶらりとやって来て、此様な社会の暗黒面を知るような本を読んではいけないと云った。私は大変いい本だと思いますと云うと、そのあくる日の朝礼の時間に、校長がひとくさり、小説の害を説いて降壇すると、その後に若い国語の大井先生が「小説を読むふとどきな生徒がいることは困ったことです」と登壇された。私は首をたれていたが、この若い教師の言葉をその時ほど身に沁《し》みて考えたことはなかった。その『瓦』と云う本は大井先生に借りていたものであった。森先生に伸々《のびのび》とそだてられていた私は、小説を読むことをそんなに害とも思わなかったし、学校で読んで悪いことも、そんなに気にしていなかったので、それからと云うもの、私はこの若い国語教師にうっすらと失望を感じ尊敬を持たなくなった。学校へは一切小説本を持ちこまなくなったかわり、勉強もおろそかになってしまって、三年四年となるにつれて、私はせいせきが段々悪くなって、卒業する時は八十七分の八十六番位で出たと思う。国語も作文も図画も乙ばかりだった。

その時の校長を佐藤正都知と云った。私の家族はその頃尾道の近在を行商してまわっていたので、学校から帰っても誰もいなかったし、家の前のうどんやで、毎晩、私は夕飯を食べるようになっていた。一ケ月分の金があずけてあって、夕方になると私はそのうどん屋の細長い茶向台で御飯をたべた。ある夕方、私は御飯をたべてこのうどん屋から出かけると、ちょうど遅く学校から帰って来ていた校長に逢った。その翌日、学校から母へ呼び出し状が来たがこの忙がしいのにそれどころではない、面倒なことを云われたら止《や》めてしまえとそのままになった。私は学校中でもいけない部類の生徒になって、しまいには、何かが無くなっても私にかぶせられた。新らしい上草履《うわぞうり》を買ってはいていると、受持ちの図画の市河と云う教師に呼ばれて、その草履は誰それのものではないかと云われた。私は朝、自分でその草履を買ったばかりで名前を書くひまもなかったが、教室へ帰ると、その時ばかりは学校へ火をつけてやりたかった。その草履については、母が、お前の身分としては竹の皮の表でよいと云うのを無理矢理八銭ほどはまらせて、畳表《たたみおもて》の麻裏を買ったもので、あとで、同組の生徒が告げ口したと云うことを聞き、その生徒の前で怒鳴《どな》ったことがあった。私は、仲のいい友達がひとりもなかった。川添と云う少女とは組が別れて、私は英語の多い級にいたのでめったに逢えなかった。

私は一年生の時は百人の組《くらす》で十一番であったが、卒業する折は、満足に卒業出来るかと心配した位で、好きな学課は、地理と英語と国語と歴史と作文と図画であった。どれも乙ばかりで、三、四年の頃好きだった図画も乙ばかりだった。図画の宿題には、講談倶楽部か何かの口絵を描いて来る少女が一番いいせいせきで、私のように静物や風景を写生してゆくのには、何時《いつ》も乙か丙をくれた。今考えだしても学校時代は何の愉《たの》しみもなかった。私は、あんまり女学校時代のことを書かないけれども、森先生以外にはなつかしいと思う先生がひとりもない。卒業も出来かねた私を卒業さしてくれたのは大井先生だと云うことを同組《くらす》のものに聞いたことがあったがこれはうれしかった。卒業写真に、私は黒木綿の紋付《もんつき》を着てうれしそうに写っているが、これは下級生の紋付を借り着《かぎ》して行ったもので母もその当時は、卒業出来るのなら工面《くめん》してでも紋付を造ってやったにと云い云いした。

この学校を卒業して十三、四年になるが森先生は木更津の中学校にいまだにいられるかどうか、私はそれきりお逢いしたことがない、いまでは老齢になっていられることであろう。私はこの先生にだけは逢いたいと思っている。

私の二十歳

二十歳の頃は、私の精神的な家系はまだ空々漠々《くうくうばくばく》としていて、人生的にひどく若いものでした故、私はよく怒ったり泣いたりしていました。二十歳の私に芸術を云々することはセンエツな事だけれども、二十歳には二十歳の芸術感応があるとするならば、私は芸術よりも働き食べることに専念していたようであります。――二十一歳の時ジイドの背徳者を読み、その一年はふらふらになったことを記憶しています。ジイドを素通りしてひどく書きやすさを感じたせいでしょう、私はその頃、自分を慰めいたわる為に「日記」を書きつづけていました。後年、型をあらためて『放浪記』として出版しましたが、日記を書き続けていたせいか、いまとなっては、それが大変役立っているのに気がつきます。――私は、その頃、作家になろうなぞとは夢々思いもよりませんでした。だから、日記を書き続けることは実に愉《たの》しく、本を読むことは心を慰さめ涙を流す為にのみ役立っていたようです。

その頃、ボオドレエル、アルチュウル・ランボオ、ホイットマン、ハイネなどの詩にとりつかれていたようです。私の読書は乱読にちかく、全くチツジョがありませんでした。チエホフやプウシュキンの作品もその頃知るようになりました。私は自分の読書について何時《いつ》も考えるのは働いていたせいか、いわゆる雄篇とでも云った長篇に何とないうっとうしい気持ちを持っていたようです。横光《よこみつ》〔利一〕氏たちの若々しい(当時)新感覚派の作品よりも、加能作次郎《かのうさくじろう》氏のものなぞ愛読していました。机上《きじょう》の芸術派より、体験の芸術に心ひかれていた様であります。葛西善蔵《かさいぜんぞう》氏なぞのものは貪《むさぼ》るように読みました。

文章の技巧では志賀直哉《しがなおや》氏のものを好んでいました。何気なき風格を愛していたせいでしょう。それに自分が働いていたせいか、氏の『小僧の神様』は長い間忘れられなかったものです。自分にもあのような物好きな人が現れて寿司をぞんぶんに食わせてくれぬものかと思ったものです。

何になろうかとも、何をしようかとも考えなかったようです。女だったせいでもあるでしょう。肉親に遠く離れて都会の片隅《かたすみ》に働いていた私は、その頃何を考えていたのかさっぱり見当がつきません。別に恋愛もなかったようです。でも、大変淋しい生活であったことはその頃の日記を見ると、随分「少女らしい」事が書いてあるので自分で微笑するのです。

一度、こんなに誰も愛してくれない人生なんてつまらないと云った気持ちで、貰った月給みんな持って上野の駅に行き、デタラメに茨城の羽黒《はぐろ》と云う所へ旅立って行った記憶がありますが、二十歳の私はひどく孤独であったようです。友人はひとりもなく、読書ばかりでした。二十歳の頃の記憶はとりとめもなかったことだけで、人生について何の信念ももたなかったようです。ただその頃、私は非常に絵と音楽が好きでした。絵は何度か小さな展覧会へ出しましたが、貧しくて絵の具が不自由であったせいか、色が大変きたなくて、何時も落選のうきめを見ていました。初落選は十八歳の時で、そんなことが四、五年も続いたようです。――全く、作家になろうなぞとは夢にも思わなかったのです。

着物雑考

袷《あわせ》から単衣《ひとえ》に変るセルの代用に、私の娘の頃には、ところどころ赤のはいった紺絣《こんがすり》を着せられたものですが、あれはなかなかいいものだと思います。色の白いひとにも、色の黒いひとにも紺の絣と云うものはなかなかよく似合ったもので、五月頃の青葉になると、早く絣を着せてくれと私はよく母親へせがんだものでした。洗えば洗うほど紺地と白い絣がぱっと鮮かになって、それだけ青葉の季節を感じます。

昔、下谷《したや》の下宿にいました頃、下宿のお上《かみ》さんが、「あのひとは染《そめ》のいい絣を着ていたからいい家の息子に違いない」なぞと、部屋を見に来る学生のなりふりを見てこう云っておりましたが、なるほど面白いなと思いました。

一口に紺絣と云っても染のいいのはなかなか高価でしたが、その頃は仕事も現在のようにラフでないせいか、たいして高価でない絣でも、随分洗いが利いて丈夫だったものです。——私は、どうもセルを好きません。何だか小柄でむくむくしていますせいか、セルを着るかわりに、袷から単衣にすぐ変りますが、いまでもセルがわりに紺絣を着ております。セルでも、昔は柔かい薄地のカシミヤと云うのがありましたが、あれは着心地がよかったものです。でも、カシミヤは大変高価だったので、清貧楽愁の私の家では、私に紺絣ばかりを着せてくれました。

男のひとでも、この頃は段々洋服がふえましたせいか、染のいい絣を着ているひとを見なくなりましたが、日本の青年には紺絣は一つの青春美だとさえ思います。私たち娘の頃、紺絣を着た青年はあこがれの的であった位です。これ位、また、青年によく似合う着物は他にないのですから、絣屋さんの宣伝をするわけではありませんが、もっと紺絣を着て貰いたいものだと思います。洗いざらした紺絣は人間をりりしくしてみせます。

この頃は人絹《じんけん》が大変進歩して来て、下手なメリンスを買うより安いと云うのですから、田舎出《いなかで》の娘さんたちは、猫も杓子《しゃくし》もキンシャまがいで押しているようです。人絹もいいにはいいでしょうが、もっと、どうにかならぬものかと考えます。如何《いか》にも国粋主義のようですが、もっとシャッキリしたものに眼をつける娘さんたちがないのを残念に思います。趣味をもっと優しく内気にしてほしいと思います。この間、ある百貨店へ木綿を一反《いったん》買いに参りましたが、木綿のいいのが少しも見当らないのでガッカリしました。木綿で拾円もするようなのはなくなってしまったのでしょう。呉服部のところを歩いていますとまるで博覧会へ行ったようなケンランさで、飛びつくような柄《がら》がすこしもないのです。年齢のせいばかりとは云えないほど、色々な呉服ものの染の悪さに、今さら変ったものだなと愕《おどろ》いてしまいました。おなじ紅色にしても、昔の紅色は奥行きがあったように思います。世の中が進歩しているはずなのに、柄模様ときたら、よくもあれだけセツレツに出来たものだと愕くほどでした。――先日も座談会で山脇敏子《やまわきとしこ》さんが話されたように、いまの絹物にはのりの多い地《じ》へゴム印を押したような模様が多いのです。立ちどまってみているひとを見ますと、どこがいいのかしらと思う位です。そんな、デパート選出の柄にみとれている奥さんたちの足袋《たび》ときたら、うす汚れていて、下駄は乱暴なものだったりします。下駄と云えば表つきはきらいです。とくにこの頃のように流行《はや》る靴の型はどうも好きません。足袋は木綿でコハゼがきつい位なのが私にはあいます。絹の着物の場合はキャラコをはきますが木綿が一番はき心地がよくて好きです。

昔、（よく昔の話を云いますが）ヒフ〔被風〕と云うものが流行っていました。胸に房をつけて随分いいものだったと思います。あんなのがもう一度娘さんたちの間に流行ってくれないものでしょうか。メリンスとか銘仙《めいせん》のようなもので不断着《ふだんぎ》にヒフをつくって着るのは温かでいいだろうと考えます。私はいい着物について語るしかくを持ちませんが、不断着はよそぎよりも、もっと考えてもいいと思います。筒袖《つつそで》の袖口を花のように絞って着せられていた頃もありましたが、洋服の合間には、そんなロマンチックな不断の着物もあっていいと思います。

街を歩いていますと、この頃は初夏だから、みんな薄いショールをして、帯を高く締めて、腰の線まるだしのお尻の辺へ、大きなチュウリップの模様なぞつけた女のひとを沢山みますが、私はきらいです。利口な女のひとは帯をひくくしめて下さいと云いたい。娘さんだって帯はゆったりとひくく締めている方がたっぷりして美しくみえます。

それから、もうひとつ女の洋装のこと、洋服を註文するひともされるひとも気がついているのかいないのか、どうなのかなと考える事は、娘の軀《からだ》も年増《としま》の軀もごっちゃだと云うことです。

巴里《パリ》から帰りました時、一番おかしかったのは女学生がセーラアのスカートをかかとの辺まで長くして、腰の下ですぼんだ年増のスカートをはいていたことです。女学生はやっぱり大根足のニュウと出た短かいスカートの方が神聖で愛らしくていいと思います。それと反

十八、九歳頃までは少女型のあどけないデザインの服をすすめたく思います。

対に、いい年増《としま》が女学生のようなサキュウラの短かいスカートをひらひらしていらっしゃるのをいまでも見かけますが、年増の方は腰の線の出た長い服を召して下さいと云いたいのです。お化粧のことも、娘さんはなるべく清楚《せいそ》にと思います。映画の真似なのか、剃《そ》った眉《まゆ》の上に眉を描いていて、四本の眉を持った女のひとに時々会いますがぞっとしてしまいます。アイシャドウも、よき家庭の娘はつけません。美容師の方たちにおこられそうだけれど、日本の西洋流の化粧は田舎っぺだと思います。（と云って、お前はどうかと云われたら、私は大田舎っぺだと逃げておきます。ただしその田舎っぺは西洋流でないだけです）

利口な女のひとの何気ない化粧と何気ない趣味の着物にあうと、浸《し》み透るものを感じます。何も高価なものばかりが高い趣味ではないのですから、もっと、若い女の方たちが個性のある好みを持ってほしいと思います。さてまた、絣の話になりますが、染のいい絣を着るひとが沢山にならないものでしょうか。さつま絣、久留米《くるめ》絣なぞは勿論《もちろん》しっかりしたものでしょうが、かえって、場違いの土地でいい絣をつくっている所を田舎へ旅してみかけることがあります。紺絣の外《ほか》に好きなのは鹿児島の泥染《どろぞめ》の大島です。洗うほどきれいです。私はかっこうがあまりよくないので手固いものを愛します。――さて

下落合の新居の縁側で,
1943 年頃

そろそろ夏が来ますが、浴衣《ゆかた》を着られるのはまた何としても愉《たの》しいことです。何が何だと云っても浴衣の着心地は素敵です。巴里ではどんなにか浴衣が恋しかったものでしたが、おそらく、浴衣のように肌ざわりのすずやかな着物は他の国にあまりないでしょう。二、三度水をくぐらせた頃の浴衣はなかなかいいし、柄は単純なのが好きです。

よく、呉服屋では高価な衣裳祭はしても、浴衣祭と云うのをしませんが、浴衣こそは、ブルジョワもプロレタリアも祝っていいと思います。ただし、不思議に浴衣だけは、「やはり野におけ蓮華《れんげ》草《そう》」で、昼間の外出着にならないのが残念です。浴衣に襦袢《じゅばん》の襟《えり》を出し、足袋に草履《ぞうり》をはいたら何ともなさけない姿になりましょう。

夏になるとあっぱっぱと云うのが流行りますが一風景です。なかなかいいと思います。一度着てみたいと思います。だが、やっぱり私はみえ坊だから、「層々として山水秀ず、足には遊方の履《くつ》を躡《ふ》み、手には古藤の枝を執《と》る」の境地をもとめてりりしい着物を愛します。あっぱっぱも随分りりしくはありますが、そのりりしさよりも、浴衣に襷《たすき》がけのりりしさを愛します。浴衣の女が手足の爪《つめ》をきちんと剪《き》っているのはなかなか涼しいものではありませんか。――さてこうして書いてみると、私の趣味も至って平凡ですが身にあったことが一番でしょう。――高価な衣裳の趣味はいずれ誰かおかきになるでしょうから……。

私はいったい木綿主義ですが、絹物でも白地を買って自分で色や模様を工夫して染めに出すのが好きです。なかなか愉しみです。女にとって着物の話位何よりもたのしいものは他にありません。――

古い覚帳《おぼえちょう》について

和綴《わと》じの小さい帳面が、もう書くところもなくなっていっぱいになってしまったので、これはまた半紙を買って綴《つづ》らねばならぬと、一人前忙がしい用事を沢山持った人間のように、私は半紙を買って来て、赤い色紙を表紙にして、木綿糸でとじて行くのだが、いったい、こんな覚書きの為の帳面をもう何冊つくったらいいのだろうかと考えても見たりする。こころみに八月から九月のことを書きつけた帳面を展《ひら》いてみると、実に子供のような事ばかりかいてあって、誤字だらけで、早く焼いてでもしまわねばと思うのだが、こんな事を書く私の方が本当の私のように思えて、一人愉《たの》しい気持ちでもあるのだ。

一、徳田先生へ暑中お見舞を出すこと。

きっと、長い間の御無沙汰を何時《いつ》も心にうつうつと考えていたのであろう。赤いまるいがしてあるのでお見舞状は出したのに違いあるまいが、私はこの赤いまるをつけた心持ちがうれしくて仕方がない。

二、時事へ随筆十枚十三日までのこと。

人一倍筆が遅くて、何時も締切を一週間もすぎてしまうので、自分で早く仕上げるように、こうして書きつけておくのだが、この時も十三日が二十日位になったようだ。笹本氏にお詫びの手紙を書いたように思う。

三、ペータ論集のこと。

四、概観世界史潮のこと。

此様な事も書いてある。きっと読んでおくべき本の覚えにつけておいたのであろうが、この二冊とも、まだ二、三頁ずつしおりをはさんだまま机の上にそのままになっている。いったいこの頃の私の読書は、とてもむらっ気で、好きで読む本は十年一日《いちじつ》の如く、フィリップの若き日の手紙と唐詩選位で講談本が好きで仕方がない。娘が侍《さむらい》に助けられるところや、位高い人がおしのびで人民を助けて歩くと云う類の講談が面白くて、貸本屋をさがしては女中にかりにやっている。映画も、大河内《おおこうち》〔伝次郎〕の月形半平太《つきがたはんぺいた》が面白くて、鼻の高い毛唐の写真が厭《いや》になった。外国に一年行っていて、私は外国の活動が厭になってしまったのだから、自分でも不思議で仕方がない。

五、文芸へ小説四十枚末日までのこと。

九月の四日に、私は中野の留置場に入れられたので、すっかりこの小説への意図は諦《あきら》めてしまって、監房にいる間じゅう何も考えずにいたのだが出て来ると、やっぱり追いたてられるような気持ちで『紅葉の懺悔』と云うのを書いた。何も彼《か》も皿の中のものを食いつくしてしまったような気持ちのところへ、此様な人の事のような小説を書いたので、今だに気色が悪くて、またまた世の批評家諸氏にだらしがないと云われはせぬかとおどおどしているのだが、まア長い目で見て貰うより仕方がない。

六、詩をどうしても書く事。

どんなつもりで、「どうしても」と書いたのか判らぬが、その折りはうれしかったのか、悲しかったのか、とにかく「どうしても」詩を書くようにしようと思ったらしい。そのくせ何も詩らしい詩は書かなかったが、詩をどうしても書く事の下に、小さく歌十首として、五ツ六ツ近作の歌が書いてある。おかしいのだが、胸熱くなる思いでもある。

美濃紙の
青葉うつりたるその上に
逢ひたく候と小さく書きたり。

＊

こゝにもピアノ弾くあり
コロンボの
街のはづれの白き山荘。

＊

此秋も硯《すずり》をすりて
遠きひとに
手紙を書くは愉しかりけり。

＊

もとゞりに赤き花さし
紙を展《の》べ
天に問《と》ひたき侘びの日もあり。

＊

山鳩の啼《な》く道ぞひに
土埃《つちぼこ》り
花火と散りて吾《われ》なつゝみそ。

＊

眼覚《めざ》むれば秋の風吹く
今日の日も
誰に頼らむ此心かな。

＊

眼とぢたり瞼《まぶた》開けば
火となりて
涙吾をば焼く思ひなり。

どの歌も、どうして此様に切なかったのか、月日がたってみると憶《おも》い出が切ない。

七、九日には軽井沢へ行くこと。

軽井沢では室生《むろう》〔犀星〕氏に逢った。堀辰雄《ほりたつお》氏に逢った。吉屋信子《よしやのぶこ》氏に逢った。――室生さんのお住いは風雅で、私も宿屋なんぞにいるよりいっそここへ住まわして貰いたいなと思った。奥様は立派な方で、泊めて貰ってもお互いに気づかれしてはと、よう云い出し得なかった。離れのおへやの木の色がまだ眼についている。軽井沢はちょっといいところだ。夜、町を散歩して色々なものを買った。三日ほどいたようであったが、一週間もいたような気がする。

八、冬着の用意。

い、い、い、い、あらいはりにはやったがまだ縫えずにいる。ひまがないので虫の音に気になりながらも、誰のも縫ってやっていない。火をおこして鏝《こて》をつっこんで横ずわりに坐って、着物をゆっくり縫うひまがほしいものだ。

九、富本さんへお見舞の手紙出す事。

私と同じような悪運に見舞われなすった故であったろう。

十、本を読む事大切なり。

何のことだか、きっと自分の不勉強をいましめる為の金言《きんげん》のつもりであろう。

十一、川とこだまについて。

これも何のことか忘れてしまった。たぶんそんな雰囲気を持った小説が書きたかったのに違いない。川とこだま、ちょっと面白いとは思うが、もう月日がたってしまって、今では甘すぎる感じだ。

十二、京都はさよなら。

これはナムアミダブツで胡魔化《ごまか》しておきましょう。

十三、文芸の題を紅葉としたい。

これはもはや出来上って、紅葉の懺悔となってしまった。まことに白ばくれたもので、鼻の先きをよその風が吹いているような自信のない作品になってしまった。当分寝ころんでまず九日の留置生活を休めるより仕方がない。

十四、広津《ひろつ》さんバカ。

何のことか判らない。好きな広津さんへ、本を上げても返事もくれなかったんで、その日はムシャクシャしたのだろう。広津さんはスキ。

十五、軽井沢行き四拾円。

秋になって、また、誰もいない軽井沢に行きたかったらしい。が、ついに四拾円の浮いた金が出来ず、私は軽井沢の秋を空想しただけであった。

十六、薄荷《はっか》ひとびん。

十七、ボオドレエルの感想私録。

この頃、花を活《い》けるとすぐ枯れてしまうので薬屋から薄荷をひとびん買って、花の水に一、二滴たらしている。机に向っていると、花の香よりも、水にたらした薄荷の香《にお》いがはげしくて、すぐ枯れても、薄荷なぞつかわぬ事だと諦めてしまった。——ボオドレエルの感想私録を買って来た。小説を読んでいるよりずっと面白い。読むはじからすぐ忘れて、また最初から感心して読んで、忘れて行き、実に奇妙ないい本だ。皮表紙の手ざわりが気持ちがいい。面白い言葉は、「神は醜聞《スキャンダル》である。——尤《もっと》も、お賽銭《さいせん》のあがる醜聞である。」なぞ。——

十八、行動へ小説二十枚末日まで。

『朝顔』と云う小説を書いたが、発禁のおそれありとて返された。留置場の窓の朝顔について書いたのだが、この位のものが発禁になる国は悲しい。一日こじれてしまって、何も出来なかった。だが、作品の出来も悪かったのだろうと諦《あきら》める。

十九、メリンス一反裾廻《すそまわ》し九尺。

女中に買ってやった袷《あわせ》のことだが、裾廻しを一尺ケンヤクして九尺としたのは、やっぱり、女で、やっぱり主婦で、ああ吐気《はきけ》がくる。

二十、鱶《ふか》の遺書について。

何か、こんな風なものが心にあったのだろう。九日の留置場生活で、ひどく、心弱くなって、消極的な事ばかり考えて仕方がない。字引を見ていると、魚の部で鱶と云う字が一番立派に思える。

二十一、乱酔三日。

いせいか、酒ものまないのに心の中が乱酔のあとに似た寒々しさで、どうも、留置場から出て来た私は変調子だ。小説なんか書いてのうのうとしている事が馬鹿臭《ばかくさ》くもなり、何か大声で本当のことを皆に云ってやりたい、そんな気持ち。はりつけにされてもいいから、本当にあった事を××は大嘘《おおうそ》吐きで××××だと云って、ああこのような愚《ぐ》にもつかない乱酔のような日が三日も続いた。

二十二、シェキスピアで大阪行き。

中央公論社に頼まれて大阪へ行った。岡倉由三郎《おかくらよしさぶろう》氏、森英次郎氏、木村毅《きむらき》氏、の方たち、大阪京屋に泊り、出て来たばかりの片岡鉄兵さんに逢う。元気な顔だった。大阪はたまに行くと面白いところだ。雨が降っていた。

此様な、古い覚え帳から、色々な事を思い返すのだが、何も役にたたないと思いながらも、私は女でこまめだから半紙を二ツに折って、赤い色紙を表紙につけて、新らしい覚え帳を何時までもつくってゆくのだ。

ボオドレエルの云う「覚え書は僕の妻たちや、娘たちや、姉妹たちの為《た》めに書かれたものではない、――それに僕にはそのようなものも、あまり多くはないのだ。」とあるように、私は平凡な日々の覚えを、私自身のために、一生綴ってゆく。なかなか愉しい仕事の一ツであるには違いない。こんな古い覚え帳が一冊ずつ私を温めてくれるように身近に山積されて行っている。

絵とあそぶ

私は随分絵が好きです。絵描きになりたいと長い間考えておりましたのに、ひょんでもない方へはいってしまって、いまでは線一本も引けないようなありさまです。随筆や小説らしきものを書いてたつきとなすこと十年になりますけれども、段々気持ちが空虚になって来て、舌なめずりしながら、カンバス張りをした昔の愉《たの》しさなんかは何もなくなり、この頃、田舎《いなか》へ引っこみたく考えております。

十年の間、私にいったい何が残ったろうと部屋を見廻してみます。私の部屋にある立派なものと云えば、十四、五枚の絵だけで、この十四、五枚の絵が結局私を長いあいだ温めていてくれたのでしょう。無益なことを誦《そらん》じ、無益なものを貯えることは、結局は他人の手を数えるようなものだとお経の中にありましたが、無益なことは誦じていても、幸なことには、そう無益なものを貯えていない私に、この十年の間に刻苦して買いもとめた先輩の絵は、私のような女にはなかなかうれしいことであり、本当は自慢の一つでもあるのです。

いま、私の手元には萬鉄五郎《よろずてつごろう》氏の十号の風景と、女の像の素描があります。どちらも、萬氏の何気なく描かれた絵で、これは眺める度《たび》に涙のあふれる気持ちです。街へ出て、よぎなく酒を呑《の》み、よぎなく踊らされて帰って来ると、私はこの絵を呆《ぼ》んやり見て空虚さを満たします。この二点が手にはいったのは一年も前でしたが、その当時、一月ばかりと云うもの、うれしくて寝られませんでした。萬さんの伝記を読んだりしました。この絵を買ったために貧乏したのもいまはいい思い出です。

外に、林武《はやしたけし》さんの風景小品を持っています。これは三越で展覧会がありました時、すぐ観に参りましたが、着物を買っている女が、あの時位莫迦《ばか》にみえたことはなく、後にも先《さ》きにも内心で威張ったのはその時ばかりでした。小品ですが、何時《いつ》見ても額に汗のにじんでいるようないい絵です。

横堀角次郎《よこぼりかくじろう》と云う方のサルビアの花の絵をやっとせんだってもとめました。飄々《ひょうひょう》たる人だそうですが、絵は素直で、サルビアの花と葉が秋風に吹かれている感じは、描かれた方を知らなくっても、充分そうぞうが出来て愉しいのです。その時、小林徳三郎《こばやしとくさぶろう》氏の小品少女の絵を求めました。その時見せられた青いバックに小鴨《こがも》のある静物が本当はほしかったのですが、この時位、金をほしいと思ったことはありません。絵を買うためにも貯えを持ちたいものと思います。よく仕事をして、好きな絵を二、三十枚もあつめる事が出来ましたら、私は山の中へ軀《からだ》を入れるに足るような小舎《こや》を建てて住みたいのが唯一の理想です。活動なんか子供の時からきらいだし、音楽は一時代こってしまって飽きたかたちだし、結局こんな淋しげなものしか残らないいまの私です。

金が出来たら、曾《そ》宮《みや》一念《いちねん》氏や中川《なかがわ》一政《かずまさ》氏の絵を求めたいと思います。——無名な人の絵は、これは向うからいくらでもと云われるので、気の毒な位安い価で、好きなひとのばかり貰っていますが、いまはこれらの絵が十枚ばかりもたまりました。好きなのばかりですから、毎日出したり入れたりしています。買える身分になったことは本当にうれしいです。

西洋館のアトリエにて，1933 年

つくづくお金があったらと考えます。

尊敬している人の絵を求めて、一人で眺めるのはこの上もないぜいたくな望みですが、それはそれです。絵を得るためには長い努力でかかるのも、また、何となくはりあいがあっていいと思います。

安井曾太郎《やすいそうたろう》氏や、梅原龍三郎《うめはらりゅうざぶろう》氏の絵は、展覧会のあるたび、観に参りますが、このような求められない人の絵を見ると、貧乏人の味気なさを感じて絵に憎しみをさえ感じます。

お金の話はやめましょう。絵は絵です。金は金です。

私は、絵でも小説でも力作と云う部類のものを好きません。空気のはいった、生活のはいった何気ない作品が好きです。力作と云うのは往々にして威圧されて苦しくなるからだし、来客がじろじろ見上げるような力作は、部屋をかえって貧弱にしてしまい、話のもってゆきようがなくなる気持ちです。

萬さんの絵も横堀さんも小林さんも各々作品が何気ないのだし、私には大変自慢なのです。

わが住む界隈

私は冗談に自分の町をムウドンの丘だと云っている。沢山、石の段々のある町で、どの家も庭があって、遠くから眺めると、昼間はムウドンであり、夜はハイデルベルヒのようだ。住めば都で、私もこの下落合《しもおちあい》には六、七年も腰を落ちつけているがなかなか住みいい処だ。私の家の並びにはダブリュ商会と云う派出婦会や、中井ダンスホール（いまはやっていない）と云うのがある。前の道はこの頃コンクリートになって、雑草がなくなってしまった。越して来た頃は桜の並木があったが、何時《いつ》の間にかなくなってしまった。

私の家から西へかけては淋しい石崖《いしがけ》の通りなので、夜になるとたいていの人が歌をうたって通る。

ひところは井伏鱒二《いぶせますじ》さんや、保高徳蔵《やすたかとくぞう》さんたちがよく遊びに見えたが、この頃はめったに見えない。――私の家は大変庭が広いので、庭いじりをしていると、誰かが声をかけて通って行く。家の近所へ尾崎一雄《おざきかずお》さんの御一家が越してこられて、時々一家族で遊びに見える。この地帯には沢山の文士が住んでいるのだけれどもほとんど往来したことがない。片岡鉄兵《かたおかてっぺい》さんや吉屋信子《よしやのぶこ》さんにたまにお目にかかる位である。

この辺は女の作家が沢山住んでいるような気がする。神近市子《かみちかいちこ》さんや板垣直子《いたがきなおこ》さんや、辻山春子《つじやまはるこ》さんまだその他にこの上落合下落合には色々の人たちが住んでいる。だが、めったに逢ったことがない。

この頃は、女の友達はほとんど遊びに来ない。客と云えば画を描くひとたちが多い。庭の桃の木の下に茣蓙《ござ》を敷いてそこに寝ころび、巴里《パリ》の話をしたり、生活の道を語りあったり、ラプアードを論じたりして呆《ぼ》んやりしている。画を描くひとたちの話は、文士たちの話よりは明るい。どんなものにもすぐ美しさを見出して眼を細めている。この間も、庭のサロンで私は、ヴィナスは処女なのだろうかと云う問題を出した。二、三人の画家たちはあわててしまって、ヴィナスは愛の神様だから、もう汚《けが》れているだろうと云う者と、半処女だろうと云う者と、まるきり生娘《きむすめ》だと云う三派に分れて大変なブツギをかもした。ミロのヴィナスは誰がみても処女のような気がするが、ヴォッチィリイの描いたヴィナスは半処女のような気がして仕方がない。さて、ヴィナスは処女なのだろうか、これは私にも判らない。

こんど誰か来たら聞いてみようと思っている。――一雄さんの処《ところ》の一枝ちゃんと云う子は可愛い子で、私の庭へ時々ひとりで遊びに来て、一雄さんの奥さんを愕《おど》かしている。いま、家の庭には苺《いちご》やけしの花や、スウィトピイが盛りで、近所の子供や犬が庭へ這入《はい》って来る。

私は私で、この頃盆栽にこり始めて、ミショウの紅葉を鉢植にしたりして遊んでいる。成美堂の箕輪錬一氏に盆栽芸術の本を戴いてから、すっかり盆栽党になり、清雅なる創作心を誘導せんが為にではないが、少しばかり私も落ちつきたくなって来たのだろう。

＊

尾崎一雄さんと云えば、大変物識《ものし》りで実に温順なおだやかなひとだ。尾崎さんとこへ遊びに行くと、まるでカフェーにでもいるように朝から晩まで電気チクオンキの音が近所でしている。ガスの集金人の家だそうだけれども、その音はライオンが唄っているようでとてもこわい。近々牛込《うしごめ》の方へまた引越されるそうだが、住居の不遇さをしみじみ奥さんがなげいていられた。尾崎さんが越してゆかれると、私の近所には誰も友達がなくなってしまう。――ちょっと遠いけれど、東中野まで行くと、芹沢光治良《せりざわこうじろう》氏がおられる。時々お訪ねして、世間話をしてかえる。気兼のないよいひとだ。

家の横の石の段々を上がって行くと、吉屋信子さんや林唯一《はやしただいち》さんのお宅がある。吉屋さんのお宅にも時々よせてもらうが、今年の秋あたりは市内の新居へ移られるらしい。私も市内の便利な処へ越してゆきたいのだけれど、腰が落ちついてしまってどうもおっくうで仕方がない。結局、界隈《かいわい》で遊びに行くと云えば、花屋さんであったり、小学校の先生の家であったり、そんな処を訪ねる位で、たいていひまな時は遠くへ旅に出てしまう。月の半分は汽車や船でどこか旅しているのだから、界隈の人たちも、たまに逢うと、「まだいらっしたのですか」ときく。――先月の始めに私は丹波《たんば》から丹後の宮津の方を旅していたが、静岡から、村松梢風《むらまつしょうふう》氏と京都まで御一緒になった。で、私が宮津まで長駆したのも、車中の隣人村松氏のお話からで、私は人がいい処だと云うとすぐそこへ行きたくなり本当に行ってしまう。宮津では縞《しま》の財布を土産《みやげ》に買って帰った。近所に持って行くと私を大変うらやましがってくれる。それがうれしいので私は土産を持参するたびに、近所の人たちに、行った土地々々の面白い話をして、自分でコオフンして帰って来る。

家の近くに花徳と云う花屋さんがある。ここの主人は明治大学を中途でやめたなかなかのインテリで、私の処へ来ると、花の車を道へほおりっぱなしで話し込んでゆく。私の父親が亡くなった時は近所を代表して通夜《つや》に来てくれ、白い菊の花を香奠《こうでん》がわりに持って来てくれた。私は夏になると花が安くなるので月一円で三日に一遍《いっぺん》ずつ新らしい花を持って来て貰う。この頃、不景気で花がうれなくなった。写真入りの「花を愛しましょう」と云うビラを撒《ま》いたが、効果があったかどうか、ビラには花徳夫妻が店に並んで、こっちをむいておじぎをしている図で何としてもおかしくて仕方がなかった。家の近所の画描きたちは、みんなここで安い花を買って来る。

私は六、七年もこの土地に居るけれども、いまの処、どこかへ越して行った処で、平気で借銭も出来るような処はみつかりそうもないので結局のびのびと住まっている、近所のおばさんの話ではこの近所で私を知らないものはもぐりだそうでコウエイの至りなのである。私は道路で子供たちと縄飛び遊びもするし、大根や人参をぶらさげても帰るので近所のひとがあれがそうなのかと知っていてくれるのだろう。魚屋さんへ行っても安い魚を買うのはきまりが悪いけれども、どうも仕方がない。ここでは尾崎一雄さんの奥さんにもよく逢う。安い魚を買って、奥さんとぶらぶら帰って来る。この魚屋さんの前では髪を剪《き》った若い女のひとが多いので愉《たの》しみで仕方がない。夕方の魚屋の前はお祭のように賑《にぎ》やかで好きだ。お勤めがえりの新聞社の人たちにも逢うが、私はきまりが悪いので黙って知らん顔して魚を見ている。

こんな思い出

誰にもまだ話した事がないけれども、私は幼《おさ》ない時分、浪花節《なにわぶし》語りになりたくて仕方がなかった。家と云うものがなくて、たいてい木賃宿《きちんやど》泊りなので、自立自営と云った気持ちがたぶんにあったせいか、手近な仕事で、親たちがあっと愕《おどろ》いてくれるような事がやりたくて仕方がなかった。私が十一か十二の頃だったろうと覚えている。福岡県の直《のお》方《がた》と云う炭坑町に両親といた頃、同じ木賃宿に、非常に浪花節のうまい女のひとがいて、雨が降ると同宿のひとを帳場にあつめて、色々なものを語っていた。その女のひとの家《や》号《ごう》は失念してしまったが、名を雲花と云った。長い間、どんな土地へ行っても、その女のひととは音信しあっていて、何時《いつ》もハガキに雲花よりとしてあったので、名前だけは妙に忘れることが出来ない。

私はその雲花さんに浪花節の枕と云った風なものを一つ二つ習って、子供の頃親たちを愉《たの》しませた事がある。私たちは無学で、浪花節などと云わないで、おかれ節とその頃云っていたようだ。たぶん、うかれ節がなまったのだろうけれども、行商に行った先々で、私が時々習い覚えた枕を語ると、みんな面白がって聴いてくれたのを覚えている。雲花さんはなかなか文学的な才能があって、新作何々と云うものをよく作っていた。美しいひとじゃなかったが、机を前にして、浴衣《ゆかた》がけで語っている処はなかなか色気があって、子供心に大変好《この》もしき姿だった。

軍記物が得意で、織田信長と森蘭丸など、大変上手だった。その他には、水戸の黄門と云うのが人気があって、これも皆の拍手をよんだ。

水戸黄門、を雲花さんはどう云うつもりか「これから、水戸の黄門を一席、さア」と云ったので、それが何だか変だったものだ。「さアさ、助さん格さん長居は無用……」とか何とか、首を振りながらの語りぶりは、同宿の若い男たちがみんな真似をする位だった。

私たちが直方を離れて、四国の高松へ行った頃、雲花さんが老《ふ》けた姿で一度尋ねて来た事がある。その頃南瓦町と云う処《ところ》に小さいながらも私の両親は一戸を持っていたので、雲花さんを食客《しょっかく》にしてあげたが、食客していても、ちっともじっとしていない女で、裁縫をしたり、台所をしたりなかなかこまめだった。高松でも、両親は行商へ出かけて行くので、私と雲花さんが始終留守番役だったが、私たちは戸を明けっぱなしのまま屋島《やしま》の方へよく遊びに行ったものだ。その頃雲花さんはだいぶ声がおとろえていたが、それでも熱心な語りくちで、時々近所の瓦《かわら》職人や、大工や船乗りなどを集めて、いくばくかの金を取り私に席料だと云って、三銭五銭と小遣銭を派手にくれていた。

私は、この雲花さんのお蔭で、ばんいん団衛門とか、福島正則《ふくしままさのり》横紙破りとか、猿飛佐助の講談本を読む事を覚えた。その頃は、町内にはかならず貸本屋があって、家号のスタンプのはいった厚紙表紙の講談本を始終かりて来たものだった。雲花さんは新作何々と云って新派のものも語ったが、怖いので今でも覚えているのに双児《ふたご》美人と云う物語りがある。双児が赤ん坊の時に別れ別れになって、貧しい家に貰われた児の方が悪いことをして男を針で殺すと云うのがあった。男が寝ている時×の後のどこか柔《やわらか》い処へ針をつきさすと、誰にも××が知れないので不思議な殺人として世評をたかめたと云った、何かそんな風な物語りだった。

雲花さんは伊予の生れだと云っていたが、言葉は九州べんをつかっていた。

雲花さんは家族があるのかないのか、家族の話は少しもしなかったが、このひとの苦労話で面白いのは、風船やメッキの金鎖のようなものを汽車の中で売った話だった。

幼い頃、汽車の中で、よく絵本や風船を売っていた男があったが、雲花さんは、そんな仕事を二、三年やったことがあると云って、車掌《しゃしょう》に叱《しか》られた話、車掌に恋された話などをよく親たちに話していた。

雲花さんはまた流行歌が大変うまくて、みどりも深き白楊の、かげを今宵《こよい》の宿としてとか云った不如帰《ほととぎす》の歌をよく歌っていた。

私たちは高松を去ると、また九州へ帰り、佐世保《させぼ》にいた事があったが、ここでも雲花さんが尋ねて来たことがある。敷島館と云う活動小舎《かつどうごや》の近くにいた頃で、雲花さんは、氷まんじゅうを売る男と一緒になったりしていた。氷まんじゅうと云うのは、削った氷を茶碗へいれて、餡《あん》を入れ、その上にまた氷を削って、手できゅっと握ったもので、一銭に二つ位きたものだ。

氷の塊の上にさらしのきれを置いて、雲花さんはやつれた姿で氷を削っていた。

いま、このひとが生きているのかどうだか知らないけれども、生きていたら雲花さんは六十近くにはなっているだろう。

亡くなった二科の古賀春江《こがはるえ》さんも浪花節が好きで(このひとは雲花と云うのは知っているような気がすると何時《いつ》か云ってらっしったが)私同様古賀さんも、浪花節語りになりたかったと云って、レコードなんか、沢山浪花節をそろえて持っていらっした。――この春だったか東宝の名人会で篠田実《しのだみのる》の紺屋高尾《こうやたかお》を聴きに行ったが、私は、何だか、遠い世界のものを聴いているような侘《わび》しい気がして仕方がなかった。

浪花節と云えば松崎天民《まつざきてんみん》さんが浪花節がうまかった。何年か前に松崎さんたちと台湾へ旅をした事があったが、つれづれの船中で、松崎さんの浪花節は非常な人気だった。一等のサロンで外国人たちも一緒になって、松崎さんの浪花節を聴いたことを覚えている。まだ、その頃は北村兼子《きたむらかねこ》さんが生きていた頃で、ちょうど、私と兼子さんが同室で、随分派手なぜいたくな旅だった。北村兼子さんが浪花節の枕を頼まれてつくったのもこの船旅で、船の女給仕の娘が浪花節語りで、ぜひ、有名な北村さんに浪花節の枕をつくってくれと、兼子さんに口説《くど》いていたのを覚えている。

自分も浪花節語りになっていたら今頃どんなものだろう……。私がそうだったら、モンテ・クリストだの、海の夫人、椿姫、父帰る、田園の憂鬱《ゆううつ》、蔵の中位語っていたかも知れない。

およそ、莫迦《ばか》々々しい話だけれども、浪花節と云うと、何か郷愁に似たものを感じる。そのくせ浪花節は好きじゃないのだが……。

この間、雲右衛門の映画を観に行ったが、観ていておかしいほど泣けて来て仕方がなかった。

それから、ついせんだって、女のひとの放送で杉野兵曹長の妻とか云ったうまい浪花節を聴いたが、つまらないと思いながら、涙が出てきた。幼い折のことはなかなか忘れられないものだ。

わしも男と生れたみょうがには
たとへ一晩ひとときでも
あゝ云ふ女と
共に話がしてみたいなア兄弟子衆と云へば
莫迦野郎！
ありやいま吉原で全盛の……

紺屋高尾にこんなところがあるけれど、ここの節はやっぱり面白い。
孟母《もうぼ》三遷《さんせん》の教《おしえ》と云うことがあるが、子供の頃は土地々々の風習によく浸《し》みるもので、私の幼い頃の周囲は、学問をすると云うことからいいかげん遠いことだった。ゲーテの沢山の著作を見ると、まるで本を書くために生れて来た人のような波風のない人間の見本を感じるが、私なんぞは、まるでどぶ鼠《ねずみ》みたいな生れあわせで、幼い頃、綿菓子屋になりたかったり、かるめら屋になりたかったり、炭坑の石炭選《よ》りになりたかったり、風琴弾き、弁士、宿屋、芸者、こんな職業が唯一の理想のようにおもっていた。

行商だの、木賃宿住いの人種なんてきらいで好きじゃなかった。だけど、旅をめぐることだけは、三つ子の魂で、いまでも大変好きだ。四国、九州、中国、行かない処はない位まわっているが、沁《し》みるばかりの思い出で、いまでは私の塩とも糧《かて》ともなっている。

鏑木清方氏《かぶらぎきよかた》

鏑木と云う名前は、市井《しせい》にありふれた名前ではない。私は、何時《いつ》も、鏑木さんの名前を聞くと、どんな方だろうと考えていた。明石町《あかしちょう》を歩いている黒ちりめんの羽織の女が、ふと、眼に沁《し》みこんでから、鏑木さんの美人画は何とない清澄な明治臭が、私の心の中にガイネンとなってしまっている。そうして鏑木と云う名前から来る何とない古典的な静けさが、鏑木さんを品のいいものに思わせている。清方と云う名前も好きだし、(勿論《もちろん》、作品は古くから知っている。)着物を透して皮膚の色まで感じられるような温かい絵で、〔伊東〕深水《しんすい》氏のような俗臭のないのが鏑木さんの立派なところじゃないかと思う。美人画もピンからキリまであるが、鏑木さんの絵は、ピンからキリまでをゲダツしきっていて、素人《しろうと》の私の眼にも仄々《ほのぼの》しい印象をのこしていてくれるのだ。

＊

牛込矢来町《うしごめやらいちょう》の鏑木氏の家を訪ねた。

門を這入《はい》ると、並んで和洋二つの玄関があり、まず、どっちのベルを押してよいのか見当がつかない。そこは同行の女画家〔長谷川〕春子氏にまかせてぼんやり私はつっ立っていた。門前の庭の中には、大きな睡蓮《すいれん》の鉢があって風雅な構えだ。――私たちは、日本風な玄関から這入った。芝居へ行かれる所らしく阿波屋あたりらしい意気な草履《ぞうり》が、御主人、お嬢様、奥様とそろえてある。

日本風な小さな応接間には、茶縞《ちゃじま》の敷心地《しきごこち》のいいぺちゃんとした座蒲団《ざぶとん》が出してあり、温かくて感じのいい部屋であった。（和洋二つの玄関は、先生の趣味ではないだろうと思う。）

私は、そのつつましやかな日本座敷で、和洋二つの玄関をみたにがさをさばさばさせたのである。出て来られた清方氏はその部屋にぴったり似合っていて、枯淡で渋い江戸ッ子型のひと。じっと、春子氏との対話をきいていると、清方氏は何も彼も解りすぎてしまっていて、何も彼《か》も莫迦《ばか》々々しく見えやしないかと思えたほどであった。

*

芝居は色々なものをかかさずに観られるらしく、その折も新国劇へ行かれるところであった。腰のひくい方で、話のなかでも、どれをとってもつくった声がない。どんなに生れかわって来られても絵より外にはゆけないと云った芸術家肌で、その芸術的な雰囲《もの》気がちゃんと板についている。お大臣式とか大御所式とか華々しいところがミジンもなくて、どっしりしている。骨格も逞《たくま》しくて人から信頼される型のひとだ。

清雅な随筆は書かれるし、美人画を描く人のうちで、これだけ筆のたつひとは珍らしいだろう。

弟子思いの方で、春子氏のお話のなかにもそのお弟子の話が出た。大きな器《うつわ》のひとで、風評されていたお弟子もなかなか幸福な方だと思う。

明月高秋迥《はるか》なり
†秋人独夜《ひとりよる》看る
暫《しばら》く弓と並《おな》じく曲り
翻《かえ》って扇と倶《とも》に団《まどか》ならんとす

〔†――愁〕

杜審言か何かの詩にこんなのがあったが、この雰囲気を多分に持った人だ。私は一問一答式な訪問人に出来ていないので、心まかせにぼんやり坐っていて、雨だれ式な話をするきりなので、帰って来るとこんな印象だけが残っている。

*

鏑木氏は、何にしても美人画の大家である。いまがあぶらの乗りきった壮者であり何も彼《か》も莫迦々々しく見えるような利巧人に、美人画についてどのような御希望をお持ちでしょうかなぞとは、愧《は》ずかしくよう尋ね得なかった。

風采は芸術家ではなく職人型のひとだが、何と云っても堂々たる貫禄があり、その貫禄を隠していられるだけに、人柄が床《ゆか》しく見えるだろう。

心腸を傷《いた》ましむるの女人の絵を描いて下さい。生活がなくちゃいけないと云って、画中の美人に無理なポーズをとらせないで下さい。月夜の菜の花のように、楚々《そそ》たる美人画を素人《しろうと》の私たちは、鏑木氏にもとめます。

ボウジャクブジンな云いようも素人だからと許して戴いて、和洋セッチュウでなく、日本の美人画を、何時《いつ》までも続けて下さる事を祈ります。

大は小を兼ねると云う言葉もあるが、鏑木氏にはそんな貧乏くさいことを望んではいけない。たっぷりと水をふくんだ筆で、何時までも素晴らしい一の字をかいていてほしく望みます。

菊池寛氏

菊池寛氏を訪問することは、誰を訪ねて行くよりも一番気安そうでいて、本当は私の心のなかでは一番苦手なのであった。菊池さんの事は、たいていの人たちによって語りつくされているし、本当は菊池先生自身訪問ずれされていて話の仕様もないのではないかと考えていた。

菊池寛氏に始めてお逢いしたのは、六、七年前のことだが、この頃お逢いしても、昔とちっともかわらないで、洋服のせいか若々しくさえ見える。

「さて文学に対する苦心を一ツ」とも切り出せるもんじゃなし、文藝春秋社の社長室で、私は相変らず同行の春子氏に助力を乞うて、ただ先生の近くを呆《ぼ》んやりと堂々めぐりなのであった。

＊

白いカヴァのかかった安楽椅子《あんらくいす》が三ツ四ツあり、その中央に古びた厚い将棋盤がある。その将棋盤を見ていると、将棋盤が随分しんねりむっつりとした癖を持って見えるし、盤の上に汚れた駒が散らばり、下の台には無数の煙草《たばこ》の吸殻《すいがら》がたまっている。春子女史は恐れげもなく、先生の似顔を描きながら、「菊池さんは、金にも女にも興味がないとしたら退屈じゃありませんか」と妙なことを尋ねている。私はまた自分が間抜けた訪問者であることを気兼なくさらけ出しながら、呆んやり春子女史と先生の話に耳をかたむけている風をしているのだ。だが耳は呆んやりしていても、眼は、先生の胸のあたりや頭や、脚《あし》の方をゆるゆる這《は》いあがっているのであった。

「いったい先生はいくつになられたのだろう」心の中でそう思って見る。髪の毛が房々していて、煙草を日に八十本吸われるにしては皮膚《ひふ》に艶《つや》がある。手の甲には笑靨《えくぼ》のようなふくらみがありY襯衣《シャツ》の色はなかなか気がきいている。前よりは幾分痩《や》せられたようだ。心臓が悪いと云っていられたがピンポンをされる時の菊池先生はちょっとサッソウとしていて球はなかなか強い。

＊

私は、こんな、まるで子供みたいな先生が、貞操問答と云う小説を書いていられるのを不思議に考えるのだが、三家庭も面白かったし、(あれは純文学だと私は思っている)今度の日々〔東京日日新聞〕の貞操問答にしても、どうして、女の皮膚が、あんなによく判るのか感心するのだ。戯曲を読んでもさっくりしているし、感想もはきはきと書かれるし、息切れが少しもないのに学ぶべきものを私は多々感じるのである。

天《あま》くだる神のしるしのありなしをつれなき人の行方《ゆくえ》にてみむ。

私は、菊池先生の作品を読むたびに、山家集かにあった此歌を想い出すのだが、どの作品にも品のいい血が流れているのを感じる。

容子《ようす》をかまわない先生だと云う評判だけれど、どの作品を見ても先生がハイカラ人であるような気がしてならない。いまは一城の主《あるじ》であり、万仞《ばんじん》の山と云った風格がにじみ出ていて、何となく頼りいいひとに見える。

＊

先生のそばに坐っていると、今日暫《しばら》く同《おなじ》うす芳菊の酒と云った親しさを感じるのだが、先生は酒は呑《の》まれない。女らしく私は、「先生は、いったい、たべものでは何がお好き

ですか？」と尋ねてみた。すると、先生は、

「そうね、僕は、別に、これがうまいってものはないが、白味噌で作った雑煮《ぞうに》ならちょっと好きだねエ」

ということであった。白味噌汁の雑煮といえば、四国地方で私はよく食べたことがあった。きっと先生の郷土香川のお雑煮だと思う。肥《ふと》られた先生が雑煮が好きだということが面白かった。

文藝春秋社へ行くと、まるで大人の幼稚園みたいに誰も彼も呑《の》ん気《き》そうに見える。ピンポン台が社長室の前にあるし、あんなに遊び道具のそろった雑誌社を他に見たことがない。

社員の人たちは、菊池先生のことを、「うちのおやじさん」という風な呼び方をして、まるで一家族のようなのだ。

「おやじさんは、家庭で話をしているとまたいいひとだ」ということも聞いたが、うらやましい話であった。

＊

六、七年、遠くから先生を見ていて、長くつきあうほど、細《こま》やかな気持ちを示される人だと思った。始めてのひとには、ぶっきらぼうなのでとっつきが悪いかも知れない。競馬の話や、生命保険や美人の話が出たが、それは春子さんとの対話だ。私は食べ物の話で終始してしまった。その話の間々で、私の心のうちでは先生には長生きをして貰わなければならないと思った。此様な器の大きい人が出るのはまれなことだからだ。

日記

眼玉が行列していたり、指が行列していたり、女の柔《やわらか》い足から馬鈴薯の芽が出ていたり、お化けと接吻している子供、仏蘭西《フランス》土産にそんな画帳を林武《はやしたけし》さんから見せて貰った。支離滅裂なものが、豊富に灯火《あかり》をとぼしている。このような絵を見ていると一生と云うものは随分変った風にもカイシャクしていいことになる。私の胃袋に今朝たべた茄子《なす》やリンゴや、麦粒に至るまで何か説明をつけたくなった。その説明と云うのは、麦を何合《なんごう》たべて、リンゴを幾切れたべたと云うことではない。ああ、私はもうカビ臭い物語りに鼻をつまみたくなった。下宿代が払えないとか、女房が子供を生んだとか、誰が本を出したとか、失恋して馬鹿をみたとか、だれの小説は悪いとか、あいつの作品はなっちゃいないとか、誰がどんなケンリがあって、人たちをむちゃくちゃにするのか。詩ひとつ歌ったこともない人間が、何のギムがあって大飯をたべるのか！

説明がないと思うから、説明がつかないと思うから、誰だって焦々《いらいら》しているのに、芥《ごみ》箱《ばこ》からひろって来たような活字で、苔《こけ》のような経験談ばかりだ。

流麗なる心理家は、川へ行ってしじみ掘りなのかもしれない。相伝うるものは、いったい誰の後を追って行ってるのだろう。――私は何も判らない。ただ、梢《こずえ》の先《さ》きの霧や、しめった風の音や、そんなものにあこがれている。人間の外にも、水や霧や、風や雨や、何と美しいプリズムが、夜中も夜明けも動きただようていることか。今朝は禽獣《きんじゅう》と云う作品を読んだ。爽快至極、血脈があまって、手の先きからも頭からも足先きからもはみ出ているような作品、川端氏の触覚、視覚すべて愛《かな》しく美しい。六月十七日

魯迅《ろじん》氏の『魯迅選集』を貰う。魯迅氏に逢ったのは一九二九年の秋と、一九三二年の欧洲よりの帰り、つつましい生活をしていられた。故郷とか家鴨《あひる》の喜劇、阿Q正伝は心愉《たの》しい作品だ。このひとは詩を沢山読み、詩を歌う。支那と云う国はうらやましいほど家系が立派だ。魯迅氏へ長い手紙を書いた。六月十七日

明治大学文芸科の人たちの小説集、『月水金』を貰う。雨の日終日かかって、『痴態』と『荒磯』と云うのを二篇読む。いい。宮西豊逸《みやにしほういつ》氏訳のロレンスの『馬で去った女』と、

龍口直太郎《たつのくちなおたろう》氏の『ポイス短篇集』と、番匠谷《ばんしょうや》〔英一〕氏の『源氏物語』を貰う。

改造七月号の、文壇寸評に、「一般に今の若い作家に最も欠けているものは青年の熱と清らかさである。したり顔に人生の裏をのぞいたような爺《じじ》むさい小説の何と多きことぞ。腕は相当かも知れん、だが潑剌《はつらつ》とした若さは一向見当らん。『坊ちゃん』の漱石、『和解』の直哉、今にして彼等の率直な若さを思う」と云う一文は、近頃爽《さわ》やかな寸評の一つであった。誰が書いたのか知らないけれども、私もこの説に同感で、慾を云えば、青年の熱と清らかさは、詩の欠乏に依《よ》るものだと云いたい位であった。畳の埃《ほこり》をつまみ出しているような若いひとの何々派同人作品を読むと、全く吐気《はきけ》が来そうだ。

ジイド曰《いわ》くとか、バレリイ曰くとか、バルザック曰くとか、そんなおうむ返しはどうだっていい。何々曰くと云って貰わなくったって、誰だって文学生はひととおりは外国文学者に感心して来ている。バクハツしそうな文化と云うものは、どんな所に隠れているのだろう。六月二十日

崔承喜のほにほろ師と云う踊りを見る。見ていて涙が出そうであった。金のありあまる人がいて、この逞《たくま》しい踊りてを後えんしてやるひとはないだろうか。生活がにじみ出

ている。瞬間々々が花火のように美しく消えてなくなる動作だけれども、たとえようもないほどいい。どんな生活をしているひとか知らないけれど、踊りはしみったれてない。この夜は他にも女優何々嬢の踊りも見たが、貧弱で見ていられなかった。生活を区分して踊ってるような貧しい踊りかたであった。これだけ踊ればいくばくかの謝礼が来る、そんな痩せこけた踊り方であった。崔承喜のは、そのようなものがミジンもない。一生懸命、火の塊《かたま》りのようであった。伴奏する人たちが呑《の》まれてしまっていた。雨の夜を外苑から新宿まで歩いた。六月二十四日

頃日、遠い所へ行きたくて仕方がない。『西伯利亜《シベリア》横断鉄道案内』がトマス・クックから来た。パリ東京間が硬席車で二五五四、四〇フランだ。いまフランがどの位か知らないけれども、ざっと参百五拾円位のものだろう。美しいバイカルの湖や、シベリア菊の鉢の置いてある食堂車の卓子《テーブル》の写真を見ると、何だか燃えるような遊心《あそびごころ》が湧いて来る。何も彼《か》もつまらなくて寝てばかりいる。ハルピンのアンプリ先生より来信。河出書房よりバルザックの『暗黒事件』贈られる。

夜、食事後、雨あがりなので東中野の停車場へ行ってみる。ホームを眺めバスにて銀

座へ出る。六月二十五日

ある一頁

空気の湿った日とか、雨の降りこめる夜などは妙に口の中が乾いて来る。水とか酒とかではおさまりそうもないシゲキがほしくなる。そんな時に孤独でかたむける酒の味はなかなかよろしい。酒に呑《の》まれてしまって、不断のたしなみを忘れてしまうような荒《す》さびた酒は感心しない。酒は荒さびた時に呑むのはもったいないような気がする。酒を呑んでトウゼンとなりまなこを閉じると大黒様《だいこく》のような顔や、サンタクロースのような顔が浮んで来るようになるのが好きだ。「ほろ酔いの人生」という活動か何かの言葉があったが、全く小酌《こじやく》の気分のなかには心を染めるようなよいものがある。

五、六年も前、私は浅草が好きで、よく一人で浅草へ出かけたものだが、来々軒だかの看板に「随時小酌」という言葉があった。随時小酌という言葉に見惚れ、何彼《なにか》につけてこの「随時小酌」は大切なよい言葉だと心に銘じている。酒も随時小酌がいい。二十《はた》歳《ち》前後にはこの随時小酌の味は判りかねるかもしれないが、自分で働いてみたひとには、この言葉は味なものに違いない。

酒をたしなむには随時小酌にかぎる。私は孤独で呑む酒も好きだが三、四人の気のあった男友達と手が盃へひとりでに進んでゆくような愉《たの》しい酒も好きだ。女のひととの酒は酒が重苦しくて仕方がない。私はかつて女の酔っぱらいにめぐりあったことはないが、女が酔っぱらうと酒についての修業が(大酒を呑むの意にあらず)ついていないので、二、三盃でひざを崩してしまい二合《にごう》位も呑むと大の字になるのがある。そんなのは真平《まっぴら》ごめんだ。

不思議に女の酒呑みははしゃいで来てすぐ座を立ったり坐ったりする。酒を呑んだらあんまり座を立たない方がいい。酔いが早くまわってみぐるしくなる。宴会なぞで正直に酒を呑む位ばかばかしく厭《いや》なものはない。酔った気分というのは、酒を呑んだ後ではなくて、呑む前の気持ちがいいのだ。酒をすこしも呑まない女のひとが、酒の座でトウゼンとした顔をしているのはなかなかいいものだと思う。

昔私も荒《すさ》びた酒を呑んだが、いまでは美味《うま》い酒を呑みたいから荒さびるのがもったいなくなった。五勺《ごしゃく》の酒でおつもり、それもこのごろはめったに呑まない。食前に、葡萄酒をすこしのむのは巴里《パリ》時代のくせがのこっていて、いまだにつづけているが、日本酒には息があるのか、飲みたい日や飲みたくない日があって、むらな気持ちだ。家でひとりでのむ酒は、いま賀茂鶴《かもつる》という広島の酒を呑んでいる。柔かくて、秋の菊のような香りがして、唇に結ぶと淡くとけて舌へ浸《し》みて行く。

ウイスキーがいいとか、葡萄酒がいいとかいっているけれども、洋酒の酔いざめはすこしかさかさしている。さらりとした洋酒もいいが、日本酒の味は一つの芸術だと考える。千も万もいいつくせない風趣がある。

埃《ほこり》のたつ晩春頃のビールの味も無量だが、秋から冬へかけての日本酒の味は素敵だ。肴《さかな》は何もいらない。下手になまぐさいものを前へ置くと盃がねばってしまう。

簡素な酒になりきらねば嘘だ。眼ざわりになる道具はすべて眼に見えぬ所へかたづけてしまって、軒端《のきば》を渡る風や木の葉や渡り鳥を眺めての酒は理想だが、都会に住んでいるとピアノも聴えて来る。ガスの音もする、ラヂオも辛いが仕方がないだろう。

田家暑を避くるの月
斗酒誰と共にか歓ばん。
雑々として山果を排し

疎々として酒罇《しゅそん》を囲む。
蘆筲《ろしょうも》将って席に代え
蕉葉且《しばら》く盤に充《あ》つ
酔後頤を措《ささ》えて坐すれば
須弥(山の名)も弾丸より小なり。

寒山詩のなかにこのような一章があるが私はこの詩のような簡素な酒が好きだ。酔後、頤《あご》をささえて坐れば、須弥山《しゅみせん》も小さく見える愉しさ、酒の理想はここに尽きる。

旅をして、宿屋へ着いた時の佗《わび》しさは何ともいいようがないが、夕食の前に五勺ほど地酒をつけて貰うのは指の骨を鳴らしたくなる。地酒の味というものは、その土地々々にぴったりしていて美味《うま》い。十和田《とわだ》の蔦《つた》の湯《ゆ》で味《あじわ》った名なしの酒もいまだに忘れがたい。蔦の湯のおばさんはまだ元気だろうか。余材庵の軒に渡る風もなつかしいおもいでだ。

信州のえんぎという地酒も舌にリンと浸みてうまかった。

何よりかなしいのは東京の酒だろう。どこの料理屋でも美味い酒を出さない。とくに洋食屋の酒ときたら飲む方が辛い。

これから寒くなって、屋台のおでん屋へ首をつっこんで熱いのをつけてもらうのはちょっとよろしい。人目がない折をはかって裾《すそ》を風に吹かせながらあわてて滴《しずく》まで吸いこむ酒は長生きしたいとふと思う位たのしい。大酒をしないで小酌の酒をたしなんでいると、きめが細かになって身体《からだ》も元気だ。

酒を呑むと重宝なお面がかぶれるので、興が乗れば、唄《うた》もうたえる。――勿論《もちろん》、眉《まゆ》をしかめるような人の前ではぴたりとかまえてみせている。

私の父親は非常な酒好きで、子供の私に酒をかけた茶漬けを食わせるような乱暴なところがあったせいか、酒は見るのも厭《いや》だった。それが何時《いつ》の間にか、酒の風趣を愛するようになり、小酌家の私を世間では大酒飲みのようにみてしまっている。私は小酌家で大酒家ではない。

酒についてザンゲを何か書かなければならないのだろうけれど、酒についてはザンゲすべき思い出もない。私の仲のいい友人は、林芙美子は酒を飲むと虚《きょ》がなくなるという。酒については私は自信があるから、(自慢にもならないが)けっして軀《からだ》を崩さないからだろう。そのかわり無理をして坐っていただけに、朝になるとへとへとになってしまう。そうして、心中ひそかに無理な酒呑みどもを軽蔑するのだ。荒さびた酒位不潔なものはない。酔後、悪魔の出て来るような酒はきらいだ。須弥山も小さくなるようなキガイのある酔いぶりのうまい御仁《ごじん》ならよい。たいていは、眼を宙に浮《うか》せて女子供に見せられないような風体になる。

煙草《たばこ》はぷっつり止めて三ケ月になるが、酒だけはぷっつりとはいえない。煙草を無理《むり》強《じ》いする人はないが盃の無理強いはたびたびなのでつい手を出してしまう。それも何度となく重なると「厭な奴だな」と思う。

酒好き位しつっこく友達をほしがるものもないし、淋しがりやは他に類がないだろう。飲んでいい気持ちになれば唄もうたいたくなり、唄の一つもきかせたくなる。人が恋しい。あたりまえのことだが、私はうるさくなる酒や後をひく汐《しお》どきのにぶい酒は辛くて仕方がない。

本当の酒飲みじゃないのだ。酒の宴《えん》が果てるとやれやれとほっとする——この頃だと、牡蠣《かき》や松茸《まったけ》が眼につく。ひとちょこいいだろうなとは思うが、一人で料理屋ののれんをくぐるほど、酒についての恋慕の心はない。酒は呑んでも呑まないでもの気持ちで、はなはだ重宝な年配だ。酒がほしかったら、台所でひとちょこ冷《ひや》で飲むとしょぎょうむじょうがおさまってしまう。女中がニヤニヤ笑っている。こっちもニヤニヤ笑いながら台

所をしている。実際何がほしいというわけじゃなし、小さなこんな愉しみでトウゼンとしているのだから、私の有終の美感も安全至極なのだ。自分が働いて自分が愉しむ、全く須弥山じゃないが、男の顔がぼやぼやと小さく見える時がある。怖いものがなくなる。こんな酒は酒がさめてもまぶしくない。

花

春になって、シクラメンがいいとか、カアネエションがいいとかお嬢さんたちがいっているけれど何といっても、れんげやたんぽぽが好きです。少女の頃田舎《いなか》にそだった私は、れんげの原に寝転んで、気が遠くなるほど色々な空想に耽《ふけ》ったり、たんぽぽの咲いたのを見て、下駄なんかぬいでしまいたいような冴々《さえざえ》とした春も感じたし、こうした大人になっていても、大人になって毎日忙《いそ》がしくてもれんげやたんぽぽの花の憶《おも》い出は、故里《ふるさと》へ帰ったようになつかしいものです。

都会へ来て、花屋の前に立ち、その数知れぬ高価な花の種類におどろき、果てはその花々にねたみ心もわいて来たものでありましたが、いまはその花も愕《おどろ》きもなく眺める事が出来ます。それは人のつくった花が段々嫌いになって来たからだろうと、時々そういう風に思うのですが、風や雨が自由にそだててくれた野花が、これらの高価な花にくらべて、ますます私には尊く思え出して参りました。――東京に住んでいる私たちには、

段々散歩の道がなくなってしまって、れんげはおろかたんぽぽの花さえもめったに見られない。その、何も彼《か》もこつこつしてしまって、人工々々と何でも人の頭で出来たものに疲れている時、自然なものを見たくなります。

私の庭には、とてもよく花の咲く桃の木が一本あります。その桃の木を囲んで、芝生の中には沢山れんげやたんぽぽをたんせいして植えてありますが、春になってそれらが咲き出すと、訪ねてくれる人たちは、まるで、そのれんげやたんぽぽが、そこへ自然に咲いたかの如く考えるのか「まア珍らしい」いって、薬玉《くすだま》のように摘《つ》んで帰って行きます。

私や、私の家族の者たちがたんせいして植えたことなど考えてもみないのでしょう。それよりも、その花の種子が、雨や風にたたかれてよくそこへ根をおろし、春になれば忘れもせずに咲いてくれるその可憐《かれん》さを思い、摘んでゆかれるとがっかりしてしまうのです。

私の庭に、その如何《いか》にも日本らしい春の花たちが咲くと、私は下駄では一切歩かないように要心しています。庭を愛する気持ちは自分の心をいたわるようなものだとも考えます。

いままで庭のある家などにはあまり住まった事がなかったので、こうしてわずかなが
ら庭のある借家に住むと、私はまるで天下でも取ったような気持ちなのです。
桃の木、こぶし、芒《すすき》、たんぽぽ、れんげ、もみじ、これらの木や花が私の庭をかた
ちづくっておりますが、なかなか風趣のあるものです。さして、ハイカラといえば
豆《スイートピイ》の花を植えてみましたが、これは枯れると始末がわるくて、むしろ、れんげやたんぽ
ぽなどが、何時《いつ》の間に咲いて何時散ってなくなったかもわからないのに心があわれにな
ります。花はすべて、ぎょうぎょうしく咲くのはあまり好きません。平凡な片隅《かたすみ》の花な
ど好きです。——三月にでもなれば、何はなくても、私の庭は桃も咲きれんげもたんぽ
ぽも見事です。

生活

なににこがれて書くうたぞ
一時にひらくうめすもも
すももの蒼さ身にあびて
田舎暮らしのやすらかさ

私はこのうたが好きで、毎日この室生《むろう》さんのうたを唱歌のようにうたう。「なににこがれて書くうたぞ」全く、このうたの通り、私はなににこがれているともなく、夜更《ふ》けて、ほとんど毎日机に向っている。そうして、やくざなその日暮らしの小説を書いている。夕御飯が済んで、小さい女中と二人で、油ものは油もの、茶飲み茶碗は茶飲み茶碗と、あれこれと近所の活動写真の話などをしながらかたづけものをして、剪花《きりばな》に水を替えてやっていると、もうその頃はたいていい八時が過ぎている。三ツの夕刊を手にして、二階の書斎へあがって行くと、火鉢の火がおとろえている。炭をつぎ、鉄瓶《てつびん》をかけて、湯のわくあいだ、私は三ツの夕刊に眼をとおすのだ。うちでとっているのは、朝日新聞、日日新聞、読売新聞の三ツで、まず眼をとおすのは、芝居や活動の広告のようなものだ。女の心がある、行ってみたいなと思う。永遠の誓いと云うのがある、みんな観に行きたいと思いながら、その広告が場末《ばすえ》の小舎《こや》にかかるまで行けないでしまうことがたびたびなのだ。

広告を読み終ると三面記事を読む。その三面記事も一番下の小さい欄から読んでゆく。三ツの新聞に、同じような事が書いてあっても、どれも違う記事のように読めて面白くて仕方がない。政治欄はめったに読まない。だから私は、小学生よりも政治の事を知らない。——いつだったかも、日日新聞から、議会と云うものを観《み》せて貰った。入口では人の懐《ふところ》へまで手を入れて調べる人がいたり、場内へ這入《はい》ると、四囲《あたり》の空気が臭くて、じっとしていられなかった。真下に視下《みおろ》す議場では、居睡《いねむ》りをしている人や、肩を怖《い》からせてつかみあっている人たちがいた。それが議員と云う人たちなそうで、もう吃驚《びっくり》してしまって、それきりな気持ちになってしまっている。

ひととおり新聞を読み終ると、ちょうど鉄瓶の湯が沸《わ》き始める。もう、この時間が私には天国のようで、眼鏡《めがね》に息をかけてやり、なめし皮で球を綺麗にみがく。そうして茶を淹《い》れ、机の上の色々なものに触れてみる。「御健在か」と、そう訊《き》いてみる気持ちなのだ。ペンは万年筆を使っている。インキは丸善のアテナインキ。三合《さんごう》位はいっている大きい瓶《びん》のを買って来て、愉《たの》しみに器《うつわ》へうつしてつかう。二年位あるような気がする。原稿用紙の前には小さい手鏡を置いて、時々舌を出したり、眼をぐるぐるまわして遊ぶ。だけど、長いものを書き始めると、この鏡は邪魔になって、いつも寝床《ねどこ》の上へほうり投げてしまう。机の上には、何だか知らないけれども雑誌と本でいっぱいになって、ろくろく花を置くことも出来ない。唐詩選の岩波本がぼろぼろになって、机の上のどこかに載っている。

九時になっても、お茶を飲んで呆《ぼ》んやりしている。昔の日記を出したりして読む。妙に感心してみたり、妙にくだらなく思ったりする。心の遊びが大変なもので、色々な人たちの顔や心を自由に身につけてみる。あの人と夫婦になってみたいなと思うひとがあって、小説を書く前は、他愛のないそんな心の遊びが多い。——十時頃になると、家中のひとたちがおやすみを云いあう。皆が床へつくと、私が怖がりやだから、家中の鍵を見てまわり、台所で夜食の用意をして、それを二階へ持ってあがる。塩昆布と鰹節の削ったのがあれば私は大変機嫌がいいのだ。この頃は寒いので夜を更《ふ》かしていると軀《からだ》にこたえて来て仕方がない。なににこがれて書くうたぞ、でその日暮らし故、それに、やっぱり書くことに苦しくとも愉しいので机の前に坐ってしまう。腰をかける椅子なので、寒くなると、私は椅子の上に何時《いつ》か坐って書いている。書いていて一番厭《いや》なのは、あふれるような気持ちでありながら、字引を引いて一字の上に何時までも停滞していることが、一番なさけない。私の字引は、学生自習辞典と云うので、これは、私が四国の高松をうろうろしていた時に七拾五銭で買ったもの、もう、ぼろぼろになってしまっている。何度字引を買っても、結局これが楽なので、字が足りないけれどこれを使っている。本当に、考えて見れば田舎《いなか》の女学生みたいな生活だけれども、こうして、私の生活を何か書けと云われると、私は、ぱっとした暮らしでもない自分のこの頃に、何とない、おかしなものを感じ始めているのだ。

雨。

今日もまた雨なり。膝小僧を出して『彼女の控帳』をとうとう書きあげる。二十七枚『新潮』へ送る。駄菓子を拾銭買って来て一人でたべた。小かぶと瓢簞瓜《ひょうたんうり》を漬けてみる。二、三日したらうまいだろう。母より手紙、頭が痛い。——十二日雨。

へとへとだ。くだらなく徹夜して読書。――財産三拾七銭はかなや。夜、紫なる寅《とら》の尾《お》の花拾銭、シオン五銭買って来る。雨に濡《ぬ》れて犬と歩む。よき散歩なり。フミキリの雨、夜の雨、青く光って濡れて走る郊外電車、きわめてこころよし。――十三日

これは三年前の秋の日記だけれども、何かが恋をでもしているような子供っぽい日記だ。いまは、何も彼《か》も愕《おど》きのない生活で、とても、此様な日記はかけない。――昔は、肉親たちがちりぢりに遠く散っていて孤独であったせいか、燃えあがるような気持ちだったけれども、いまは私の家にみんな集って来ているので、時々辛いなと思う時がある。――昼間は客が多いので、仕事はたいてい夜中だけれど、夜中の仕事は私には少々辛くなって来た。翌《あく》る日はおばけのような顔で、ふためとは見られない。寝床へ這入るのが四時頃、七時には眼が覚めてしまう。家の近くに辻山病院と云うのがある。古くからの知りあいで、私はここでこの頃睡《ねむ》り薬をつくって貰っている。疲れると、その睡り薬をのんで、昼間でもベッドに横になる。ベッドと云っても、寄宿舎にあるような小さいベッドなので、寝心地が何となく悪く、すぐ眼が覚めるのもベッドのせいかも知れないと思っている。朝、六時か七時には、どんなに寒くても起きあがり、ひととおり新聞を読

むのが愉しみ。文芸欄を読み、家庭欄を読み、それから政治面の写真だけを見る。それでおしまい、三面記事を朝読むのは怖いから読まない。一日厭な思いをするから、たいてい、昼すぎにちょいちょいのぞくことにしている。

徹夜の仕事はろくなものは書けないのだけれども、どうしても夜になって、「ああ」とくたびれてしまうのだ。私だけの客でなく、家のひとたちの客も見える。おかずごしらえ、下着の洗濯、これでなかなか楽な生きかたではない。年齢《とし》をとった女中をおくことも時に考えるけれども、いまの女中は十三の時に来て三年いる。私の邪魔にならないので、何が不自由でも、それが一番幸せだと思っている。第一、女中がいてくれるなんて、マノン・レスコオの中の何かの一節にあったけれども、なりあがり者の私としては、はずかしい位なのだ。しかも三年もいてくれている。

私は、ひとにはなかなか腹をたてないけれども、家ではよく腹をたてて自分で泣きたくなる。その気持ちはどこへも持ってゆきようがないので、机の前に坐り、呆《ぼ》んやりしている。煙草《たばこ》はバットを四、五本吸う。昔、好きなひとがあった頃は、そのひとが煙草がきらいで吸わなかったけれども、いまはそのひとと何でもなくなったので、平気で煙草を吸うようになってしまった。やけになる気持ちは大変きもちがいい。私は何度もやけになって、随分むしゃくしゃした昔だったけれども、この頃は日向《ひなた》ぼっこみたいだ。——小説の話は大きらい、説明や批評が少しも出来ないからだろう。ほら、お日様みたいな小説よ位の説明ならば指で丸をつくって、「ほら、こんなに円満なのさア」で、「あそうか」と受取って貰うより仕方がないのだ。時々埃《ほこり》を叩くような批評を貰う時がある。辛いなと思うけれども、それで、シゲキを受けることもひといちばいのせいか、すっかり呆んやりしてしまって、腐った、魚みたいに、二、三日蒲団《ふとん》をかぶって寝てしまう。自分の作品がよくないからだ。一番、自分が知っているから一時はゆきばがなくなるけれども、机の前に坐り、また、こつこつ何か書き始める。私はこれが宗教だと云うようなものがあるとすれば、ただ、こつこつ書いている。その三昧境《さんまいきょう》にあるような気がする。厭な言葉だけれども、私は万年文学少女なのでもあろう。

つい四、五日前、税務所〔署〕のお役人が来た。お役人と云うと、胸がどきどきして、ちょうど昼食時《どき》だったけれども、御飯が咽喉《のど》へ通らなかった。私は税金を払い始めてちょうど四年になるけれども、蔭では実際辛いなと思ったことがたびたびだった。収入が拾円の時が三、四度あったり、ちょっと旅をすると、その収入が止ったりするのに、税金は私にとって案外立派すぎた。今度も、税金の値上げだったけれども、「年収四千円はありますでしょう」と云われたのは誰のことかと吃驚《びっくり》してしまった。よく運んで二百円、悪くいって九拾円、平均百五拾円あったら、ナムアミダブツと月の瀬を越すことが出来る。

「吉屋《よしや》信子《のぶこ》さんの税金は下手な実業家以上です」と、税務所のお役人が云われたけれども、私は吃驚しているきりで何とも話しようがなかった。一、二枚のものを書いても林芙美子だし、かりそめに、ゴシップに林芙美子の名前が出ていても、それをいっしょくたにしてあれこれ云われるのでは立つ瀬がないから、「どうぞ雑誌社や新聞社で、私が稿料をいったいいくら貰っているかきいてみて下さい」と云うより仕方がない。吉屋さんは先輩でブンヤも違う。「あなたは文学はお好きでいらっしゃいますか」とたずねると、お役人は、学生の頃はそれでもちょいちょい読みましたが、いまは法律をやっていますと云うことだった。感じのいいお役人であったが、年収四千円は困ったことだと思った。純文学をやっているひとって、案外、派手のようだけれど貧乏で、月五拾円あるひとは、新進作家の方でしょうと云うと、そうですかねえと感心していた。

「その純文学の方は誰が一番収入があるのでしょう」

そんなことも訊かれたが、たいてい名前は派手でも、私と似たりよったりでしょうと威張って云うより仕方がない。——十年前から一度も値上げにならない原稿料で、私は割合平気でししとしている。税金も、吉屋さん位になりたいのは山々だけれども、これは生れかわって来ないことには、とうてい駄目なことだろう。「だって朝日新聞にお書きになったでしょう」とも、話が出たが、一万円とまちがわれたのでは浮ぶ瀬もないと思った。二十七回書いても新聞小説だし、二百回書いても新聞小説なのだから困ってしまう。一日胸がどきどきして困った。女学校へやっている姪《めい》の顔を見ても腹がたって、「税金が増えるのよ、怖かないか」と云うと、怖いと同情してくれた。

「いったい、税金って何に使うか知ってる?」と十五歳の姪に尋ねると、「ほら、大名《だいみょう》旅行ってあるじゃない、あんなのじゃないの」と云う答えだった。そうかなアと思った。——私は、草花が大好き、花ならば何でもいい。冬の剪花は、手入れがいいので三週間位もたせる事がある。花は枯れてからも風情《ふぜい》のあるもので、曾《そ》宮一念《みやいちねん》氏が、よく枯れた花を描かれるけれども、枯れた花の美しさは、仄々《ほのぼの》としていて旅愁がある。女の枯れたのも、こんなに風情があるといいなと思う。私は三十二歳になったけれども、同年輩の男の友人たちは、みずみずしくってまだ青年だ。武田《たけだ》麟太郎《りんたろう》さん、堀辰雄《ほりたつお》さん、永井《ながい》龍《たつ》男《お》さん、いずれも花菖蒲《はなあやめ》だ。だけど、女の青春はどうも短かすぎる。――いま、せまい私の机の上に、小さいコップが乗っている。マアガレットや、菜の花や、矢車草や、カアネイションが一本ずつ差してあるが、それに灯火《あかり》のあたっている風情は、花って本当に美しいものだと見とれてしまう。今度生れかわる時は花になって来たいものだ。花だったら三白草《どくだみ》だっていい。

花が好き、その他には、一ケ月のうち二、三度は汽車へ乗っている。旅が好きで仕方がない。旅の遠さは平気で、歩くことがとても愉しい。この一月は志賀高原へスキーに行った。丸山ヒュッテに泊ったが、幸い紅一点で、雪の山上で私はまるで少女のようにのびのびとしていた。スキーは下手だけれども、暴力的なあの雪を蹴ってゆく気持ちが好きだ。自然と自分とに距離がなくなる。十二沢のゲレンデで、私位よく、勇ましく転んだ者はないと云うことであった。温泉へ這入《はい》ると、軀じゅう青や紫のあざだらけになっていて、さすがに転びスキーがはずかしかった。

二月は、伊豆の古奈《こな》へ行った。丹那《たんな》トンネルは初めてなので、熱海《あたみ》を出るときから嬉しくて仕方がなかった。八分位かかると聞いたけれども、随分ながいトンネルのような気がした。

熱海の海の色は、ナポリみたいな色をしている。温くて呆んやりしていて、磯《いそ》はマチスの絵にあるような渚《なぎさ》だ。――古奈では白石館と云うのに泊った。ここでは芸者が一時間壱円で、淋しかったのでてるはと云うひとに三時間ほどいて貰った。

三月は上州《じょうしゅう》の方へ行って見たい。旅をしていると、生れて来た幸せを感じるほどだ。家人は、弁当が食べたいからだろうと云う。私は汽車へ乗ると弁当をよく買う。木の匂いがして御飯もおかずもおいしい。汽車へ乗っていると、日頃の倦《あ》き倦《あ》きしていることが、いっぺんに吹き飛んでしまって、東京へ帰る時などは、田舎女《いなかおんな》が初めて上京して来るようなそんな気持ちになり済ましているのだ。

　一時が打った
　誰もよく眠ったのだろう
　五万里も先きにある雪崩《なだれ》のような寝息がきこえる
　二時になっても三時になっても
　私の机の上は真白いままだ

四時が打つと
炭籠《すみかご》に炭がなくなる
私は雨戸をあけて納屋《なや》へ炭を取りに行く
寒くて凍りそうだけれども
字を書いている仕事よりも
炭をつまんでいる方がはるかに愉しい
飼われた鶯《うぐいす》が、どこかで啼《な》きはじめる

これは、私の散文だけれども、夜明けに、こんな気持ちを味わうのはたびたびのことだ。炭籠をさげて裏へ出て行くと、寒くて震えあがってしまう。だけど軍手をはめて、 がらがらと炭俵《すみだわら》をゆすぶって、炭を一つ一つとつまんでいる時は、私が女のせいか、やっぱり愉しい本業へかえったようで、楽々とした気持ちなのだ。

夜明けになると、どんなに寒くても鶯が一番早く啼いてくれる。どの家で飼っているのか知らないけれども、屋根の上が煙ったように明るくなるとすぐ鶯が啼き、牛乳屋の車の音が浸《し》み透るようにきこえて来る。牛乳は二本取っている。母親と私がごくんごくん飲むのだ。牛乳配達や、新聞配達、郵便配達、寒い時は、気の毒になってしまう。夜明けの景色はいいけれども、徹夜をすると、私はまるで皮でもかぶっているように気色が悪い。

朝御飯はたいてい牛乳。本当に御飯をたべるのが九時頃。御飯は女中が焚《た》き、味噌汁は私が焚く。幸せだと思う。仕事が忙がしくなって、台所へ二、三日出ないと、皆、抜けた顔をしている。私は料理がうまい。楽屋でほめては実《み》も蓋《ふた》もないが、料理はやっていて面白い。

昼間は仕事が出来ないので困る。昼間、仕事が出来ると、近眼《ちかめ》にも大変いいのだけれども、昼間はひとがみんな起きているから、つい何もしないで遊んでしまう。忙がしくって困っても、友達が来ると遊んでしまう。友達が来てくれることは何よりもうれしい。日に十人位は色々の人が見える。疲れると勝手に横になって眠る。

家へ来るひとは、男のひとたちが多い。大変シゲキがある。――酒は飲まない。虫歯が出来たし、胃が弱くなって、深酒《ふかざけ》をすると、翌《あく》る日は一日台なしになってしまう。それでもすらすら仕事の出来た後は、どんな無理なことも「はいはい」と承知してあげて、酒も愉しく上手に飲む。仕事の後の酒は吾《わ》れながらおいしい。酒は盃のねばる酒がきらい。食べものは何でもたべるけれどもまぐろのお刺身が困る。好きなのはこのわたで熱い御飯だけれど、このわたは高くて困る。お金がはいったら鼻血が出るほどたべてみたいと思う。からすみも好きだけれども、これも高い。うにはそんなに好きじゃない。塩魚が好き、塩魚を見ると小説を書きたくなる。何か雰囲気があるから好きだ。巴里《パリ》には上手に干した塩魚がなかった。

　芝居も活動も子供の時からきらい。母親と女中だけは近所の活動へこまめに出かけて行く。——絵を描くことは私の仕事の二番目で、石油の中で、固くなっている筆を洗っている時は、むずかしい顔をしたことがない。小林秀雄《こばやしひでお》、永井龍男両氏に、絵をあげる約束をしているので、その絵のことを考えていることは何とも云えない。私は静物はあまりうまくない。素人にしてはのイキだそうだけれども、その辺がちょうど面白いところで、描いていると、美しい色をつかっている絵描きがうらやましくなって来る。

　マチス、モジリアニが好きで、色刷りを時々出して眺めている。この間は、萬鉄五郎《よろずてつごろう》氏の絵を二枚もとめた。萬さんのような仕事をしたいものだと、その絵を見るたびにシゲキさせられるのだけれども、私はなまけもので仕方がない。自分の行末《ゆくすえ》、自分の書くもの、皆々よく判っているけれども、雨か風でもきびしくあたってこないことには、このなまけものは、なかなか腰をあげそうにもないのだ。今年は何も書きたくない。私はいま世界地図を拡げて、印度《インド》へ行く事を計画している。秋頃には、欧洲へ行った時のように、気軽に船出したいものだと思っている。何度でも初旅のような気持ちで、私は随分方々《ほうぼう》へ行った。貯っているだろうと訊くひともあるが、貯っているのは、宿屋の勘定書き位で、全くもって、その日暮らしなのである。云えば、雌山羊《やぎ》の乳をしぼれば、他の者が篩《ふるい》をその下に差し出していると云う、そんなはかない生活《くらし》なので、軀工合でも悪くなると、あれこれと考えるのだが、まあ、米の飯とお天道《てんとう》様はついてまわるだろうと思っている。月黒うして雁《かり》飛ぶこと高しで、どんなみじめな日が来ても、元々裸身ひとつ故、方法はどのようにもなるだろう。

頃日、机に向っていると、矢折れ刀つきた落莫《らくばく》たる気持ちだけれども、それは、自分で這入りいい処をただがさがさと摸索していたに過ぎないのだ。唯一の目的は、まだ遠くにあるのだけれども、所帯を持っていると、今日は今日はで呆んやり暮らして、洗濯ごとや、台所ごとの地帯にいやに安住して眼をほそくしている。

私は「清水の如く特殊の味なし」の仕事を念願しているのだけれども、手踊りがめだつ、嘘やつくりがめだって、何とも苦しくて仕方がない。女と云うものは力が足りないのかも知れぬ。癖の渝《かわ》らないことは勉強が足りないのだろうけれども、私は、前にも云ったとおり、こんな日向ぼっこをしているような文化生活は困ってしまうのだ。男の作家たちに拮抗《きっこう》してゆこうなどとはつゆ思わないけれども、せめて、もう一段背のびをしてみたいと思っている。——室生《むろう》さんのこの頃のお仕事の逞《たくま》しいのに愕《おどろ》いている。武田さんも随分あぶらがのっている。偉いと思う。みんな歴史を持っている人たちだけれども、よく疲れられないものと、その苦しみを考えるのだ。私は纔《わず》かに七、八年の歴史しか持っていない。それも、自ら踊りを踊る仕事で、苦味《にが》いことだらけだ。

清水のように特殊な味のない仕事をするのはこれからだと自ら反省している。

私には、深く行き交う友達がない。私はほとんど人を尋ねて行ったことがない。町でたれかれに逢うだけのもので、人の家を訪問することはまれだ。自分に倚《よ》り添うてくれるものは、結局自分自身なのであろう。——散歩も段々おっくうになってしまった。ひまがあるとベッドに横たわって呆んやりしている。月のうち五、六ぺん、神田の古本屋、本郷の古本屋をひやかして歩く。とても愉しい散歩のひとつだ。割合、不勉強で本代はいまのところそんなにかからない。拾円もあれば我《が》まんしている。昔は、随分飢《う》えたような生活だったので、少しばかり楽になると、私は手におえない浪費者で、何でも買ってみたくて、なりあがり者の気質を多分にそなえているのだ。なりあがりの陽気者のくせに、厭に孤独で、孤独のなかの自分にだけは徹しているので、友達がなくても、そんなに苦しくはない。女だから、女の友達をと考えるのだけれども、自分が足りないのか、向うが私を厭な奴だと思うのか、のぼせあがるようなひともない。男の友達は心に良薬、口に毒薬で、なかなかシゲキして貰える。

詩を書くこと、絵を描くこと、いずれも好きで、自分の仕事のなかに、詩や絵の類似品を持っていることが、私の仕事の味噌だけれども、作家には、色々な波があってもいいと思う。今年は少し休息して、遠くへ行かれるものなら、ひとりでこつこつ目的もなく歩いて来たいと思っている。

秋その他

私は小さい葉《は》茶屋《ちゃや》を母に始めさせようと思って二、三日街を歩いてみた。川柳とか、喜選とか、玉露などと云う名をつけた陶器の大きな壺を五ツ六ツ並べておけば米の代ぐらいはとれはせぬかとも思ったのである。

吹く風がめっきり秋めいて来たせいか、朝々茶を飲むたびに小さな葉茶屋の店先《みせさき》を空想する。田舎《いなか》めかしく紺色《こんいろ》ののれんか何かを掛けて、二階の畳の部屋には机一ツおいて勉強が出来たら愉《たの》しいだろうと、もうそんな事さえ考えるのだ。だが、ある町裏で、埃《ほこり》をかぶった茶壺の並んだ家を見ると、葉茶屋も米代まではなかなかなのだろうと私は観念せずにはいられなかった。

この間、軽井沢から沓掛《くつかけ》の町へ遊びに行った時、古めかしい町中《まちなか》に一軒のカジ屋があったが、そのカジ屋の店先きでふいごの音を立ちどまって聞いていると自分の生活が何だか味気《あじけ》ないものにも思われて来るのであった。

山の中の小さい町中で、カジ屋の若い衆は唄をうたいながら、蹄鉄《ていてつ》をつくっている。山の中へ避暑に来ている、バンガロの別荘の人たちの生活とは何のかかわりもない、よい生活なのだ。そうして唄っている唄の節は、都会から山を幾つも越して来て古くさくなった「酒は涙か溜息か」の唄であった。

そのカジ屋のあった山の中の町を憶《おも》い出すと、線路のあるところから遠く離れた町か村かで、何かひっそりした商いをしてもいいものだなどと考える。

八月と云っても、秋はもうすぐ隣りだ。冷々《ひえびえ》とした紗《しゃ》のような風の涼しさを感じると、生きている事がよろこびのように思える。雁来紅もカカリアも唐辛子も赤くなって、眼に心に沁《し》みて来る。秋の景色が、年を重ねていっても段々と新らしくなって来て、秋と云うものに、まるで生れて初めて眼の前に展《ひら》けたような愕《おどろ》きをさえ感じる。

先日上林《かんばやし》暁《あかつき》氏の新著『薔薇盗人』と云うのを読んだ。その中に鉄道の別れの一章に、

「娘たちはのろのろ降りて、木蔭の草を敷いて腰をおろした。娘たちから仁丹《じんたん》のにお

いが発散した。それで僅《わず》かに元気を引き立てていたのに違いない。桔梗《ききよう》の花を摘《つ》んでいじくるのがあった。立小便をするものもあった」

と云うのがあったが、夏隣と云った、すぐ秋と紙一重《かみひとえ》な、何か大きな風景を感じさせられる。娘が仁丹の匂いをさしていたと云うのも新らしい。桔梗の花をもてあそばしているのもまたなかなかに美しい。

秋だけに限ったことではないが、季節のかわりにはまず風の色から肌に何かふれて来る。秋の風はなおさらだ。障子《しようじ》にあたる小波《さざなみ》のようなこの頃の風は、心細さも感じるが、何か、大きな愉しみが来るような気がして、早く秋になってくれるといいと考えることがたびたびだ。

ペーターの一章の中に「人生はあらゆる瞬間に危機である」と云うのがあったが、私はもうそのような言葉に愕きをもつまいと思っている。一冊のルネッサンスを読み、一冊のペーターを読んで私は攀《よじ》りがたい天を見るような寥々《りようりよう》とした淋しさを感じた。

色々なものを読んだ、そして色々な読後感もあったが、結局は薄茶のでがらしでも一杯飲みたいと云う気持ちだ。

教養の文学と云うものにも嫌厭《けんえん》を感じる。素朴心のない芸術にはいまのところ眼も向わない。

ただ、何気ない朝夕、心に偶とうかぶのは人間の思い出ではなく故郷の風景だけだ。古里の風景だけが瞼《まぶた》を熱くする。とりとめもない転々とした古里の山川のなつかしさ。人間にはなつかしい憶い出は一人もない。

にじみあがって来るような故郷の思い出はいまのところ、私にすばらしい芸術なのだ。私のよろこびや悲しみを、私は風景のある故郷に書きおくってやりたいような気がする。まこと、そこは風景のある故郷だ。人生の幾山坂を越して来ると、段々景色のない風景の中で呆《ぼ》んやりしている事が多い。

もうこれぐらいで喜びや悲しみはおしまいだろうと思っているのに、後から後から、色々な喜びや憂《うれ》いが心に来る。そして、その感情の中の憂いと云うことが段々こたえて来るのはどうした事だろう。少女の頃は憂いなんぞはけしとんでしまい、喜びだけが心にこたえたが、頃日喜びごとは私の心に何の感興もおこらなくなった。ただ、憂いと云うものは段々身にこたえて来る。

気ままな旅も随分してみるが私をよろこばせてくれる風景にはなかなかめぐりあわな

い。この頃は小説なんぞを読んで辛《かろ》うじて愉しい風景をしのんでいる。時々グラフの中で、素晴らしい並木の写真を見ることがあるが、郊外にはどうして美しい並木の道がないのだろう。朝鮮の秋風嶺の近くにはポプラや桜の並木があったのを覚えている。

ちょうど秋の頃で並木の間々に見える民家の草屋根には唐辛子などが干してあって風趣があった。朝鮮の秋の風景は実にいい。また、朝鮮の民家の戸口には、思いもかけない立派な陶器が何気なくほうり出してあるのを見た。秋になると、硝子《ガラス》の冷たさより陶器の冷たさの方が好もしくなる。何の飾りもない、東洋風な陶器は、素朴そのもので子供のように愛らしくなってしまう。

私が茶を売る店を開きたいと思ったのも、本当は陶器の冷たさから聯想《れんそう》したのかも知れない。茶と水と土と、これはあながち老人だけの好みではないだろう。風景のない風景のなかに住んでいては、此様なものの愉しさも必要なのではないだろうか。ただ茶や水や土を愛したらいいと考えている。文学にしても、奇をてらった変形のない文学は嫌いだ。水のような土のような茶のような温かい自然さが欲しいのだがなかなかだ。

秋になると色々な雑誌が出て来る。旗先《はたさ》きばかり、先頭より、まず内容のしっかりしたものがのぞましい。イズムや主張を扉で読まされるよりも、一人一人のピントのあった作品の写真を見せてほしい。今までのように筆者が英雄的であったり思いあがりであったりしたものには、読者は最早《もは》やついてはゆかないだろう。落ちつきのあるもの、清新なものの底力のあるケンソンなもの、そのような雑誌が一冊位ほしい。そんなものは売れないと云うのは編輯《へんしゆう》者が不具にしてしまうのだ。この頃は編輯人ももう少しソウメイなほこりを持ってもいいと思う。待合などで雑筆をふるっているものよりは、貧居で健筆をふるっているものに自動車をむけたらいいだろう。もう昔のように、文士だけの文士でなくなっている。「編輯」と云う仕事も大きな芸術なのだ。秋には、「編輯」のしっかりした雑誌が、沢山の雑誌の中で読者に信用を得るだろう。

　云いたいことも、考えることも自由でない時代と云うものが、一世紀のあいだに何度もあることなのだろうか。自分は、いったい何なのだろうと夢にまで苦しむ時がある。この苦しみを同じようにしている人たちもすくなくないだろう。――秋には心愉しく読める雑誌が沢山出てくれるといい。せめて、いい小説が沢山眼にふれてくれるといい。いいものと云う言葉は実に漠然としているが、これくらい楽しい言葉はないだろう。愉しい慰めはないだろう。

　二、三日前「夢みる脣《くちびる》」と云う映画の試写を見た。薄手なものから一切縁を切った、そのくせ、一ツももったいぶったところのない映画であった。ドイツ映画だが、あの癖のある重さもなくて、登場人物の三人の主役が年配なりの渋さを素朴に出していた。音楽家の妻が、夫の友人の有名なヴァイオリニストと恋を始め苦しくなって一人で自殺すると云う、何でもない筋なのだが、この映画は筋よりも心でだけ感じる映画だ。

映画と云うものは、見終って外へ出た時の気持ちがカンジンなのかも知れない。「馬鹿々々しい」とも感じるだろうし、「よかった」とも感じるだろうし、いったいに幼い故郷の風景のようにぼやぼやと記憶から、甘く薄れて行くのが私には好ましい。戸口へ出ると、一時に現実にかえれる映画が好きだ。さらさらとしていて、思い出そうと思えばすぐ思い出せる映画、こんなのはなかなか見られない。

日本物で「頬を寄すれば」と云うのを見たが、どうしてあんなに紙絵のようにうすっぺらなのだろう。あれではあの子役だけが熱演だ。画面がほんのちょっと明るすぎる。

及川道子の令嬢は早口なので声だけがくっつけたよう。演技はうまいとは思わないが上手とは思う。この女優には惜しい事に艶《つや》のある憂《うれ》いと云うものがない。美しい顔と姿態でありながら、何かもう少し慾ばりたい気持ちがする。途《みち》の長いひとだけに、私はこのひとに期待をかける。

日本にも主役の二枚目なんかをつかわずに、早くコセイのある端役《はやく》ばかりをつかって、面白い映画をみせてくれるカントク氏がほしい。「ほろよい人生」と云うのは顔ぶれが面白そうだがまだ見ていない。同じ人の映画をたびたび見せられるが、すぐそれと判るような、フンソウや演技に新味のない女優や男優には何の興味もなくなってしまった。

朝御飯

1

倫敦《ロンドン》で二ケ月ばかり下宿住いをしたことがあるけれど、二ケ月のあいだじゅう朝御飯が同じ献立だったのにはびっくりしてしまった。オートミール、ハムエッグス、ベーコン、紅茶、さすがに閉口してしまって、いまだにハムエッグスとベーコンを見ると胸がつかえそうになる時がある。

日本でも三百六十五日朝々味噌汁が絶えない風習だ。英国の朝食と云うのは、日本の味噌汁みたいに、三百六十五日ハムエッグスがつきものなのだろうか。但《ただ》し倫敦のオートミールはなかなかうまいと思った。熱いうちにバタを溶いて食塩で食べたり、マアマレイドで味つけしたり、砂糖とミルクを混ぜて食べたりしたものだった。

巴里《パリ》では、朝々、近くのキャフェで三日月《クロバチン》パンの焼きたてに、香ばしいコオフィを私は愉《たの》しみにしていたものである。——朝御飯を食べすぎると、一日じゅう頭や胃が重苦しい感じなので、巴里的な朝飯は、一番私たちにはいいような気がする。

淹《い》れたてのコオフィ一杯で時々朝飯ぬきにする時があるが、たいていは、紅茶にパンに野菜などの方が好き。このごろだったら、胡瓜《きゅうり》をふんだんに食べる。胡瓜を薄く刻《き》ざんで、濃い塩水につけて洗っておく。それをバタを塗ったパンに挟んで紅茶を添える。紅茶にはミルクなど入れないで、ウイスキーか葡萄酒を一、二滴まぜる。私にとってこれは無上のブレック・ファストです。

徹夜をして頭がモウロウとしている時は、歯を磨いたあと、冷蔵庫から冷したウイスキーを出して、小さいコップに一杯。一日が驚くほど活気を呈して来る。とくに真夏の朝、食事のいけぬ時に妙である。

夏の朝々は、私は色々と風変りな朝食を愉しむ。「飯」を食べる場合は、焚《た》きたての熱いのに、梅干をのせて、冷水をかけて食べるのも好き。春夏秋冬、焚きたてのキリキリ飯はうまいものです。飯は寝てる飯より、立ってる飯、つやのある飯、穴ぼこのある飯はきらい。子供の寝姿のように、ふっくり盛りあがって焚けてる飯を、櫃《ひつ》によそう時は、何とも云えない。味噌汁は煙草《たばこ》のみのひとにはいいが、私のうちでは、一ケ月のうち、まず十日位しかつくらない。あとはたいてい、野菜とパンと紅茶。味噌汁や御飯を食べるのは、どうしても冬の方が多い。

これからはトマトも出《で》さかる。トマトはビクトリアと云う桃色なのをパンにはさむと美味《うま》い。トマトをパンに挟む時は、パンの内側にピーナツバタを塗って召し上れ。美味きこと天上に登る心地。そのほか、つくだ煮の類も、パンのつけ合せになかなかおつなものです。ママレイドは、たいてい自分の家でつくる。

私は缶詰《かんづめ》くさいママレイドをあまり好かないので、買うときは瓶詰《びんづ》めを求めるようにしている。ありがたいことに、このごろ、酢漬けの胡瓜も、日本でうまく出来るようになったが、あれに辛子をちょっとつけて、パンをむしりながら砂糖のふんだんにはいった紅茶をすするのも美味い。そのほか私の発明でうまいと思ったものに、パセリの揚《あ》げたのをパンに挟むのや、大根の芽立てを摘《つ》んだつみな、夏の朝々百姓が売りに来るあれを、青々と茹《ゆ》でピーナツバタに和《あ》えてパンに挟む。御実験あれ。なかなかうまいものです。――梅雨時《つゆどき》の朝飯は、何と云っても、口の切れるような熱いコオフィと、トオストが美味のような気がします。

朝々、バタだけはふんだんに召上れ。皮膚《ひふ》のつやがたいへんよくなります。外国では、バタをつかうこと日本の醬油の如くです。バタをけちけちしてる食卓はあまり好きません。――日曜日の朝などは、サアジンとトマトちしゃのみじんにしたのなどパンにもよく、御飯にもいい。

朝々のお茶の類は、うんとギンミして、よきものを愉しむ舌を持ちたいものだ。茶の淹れかたも飯の焚きかたといっしょで心意気一つなり。コオフィにはなまぐさものの類、魚、野菜何でも似合わないような気がして、たいていの、ややこしい食事の時は紅茶にしている。但し、肉類をたべたあとの、つまり食後のコオフィはうまいものです。食事と茶と添う時は、まず紅茶の方だろうと思うけれど、如何《いかが》でしょう――。

2

このあいだ高見順さんの「霙降る背景」と云う小説を読んでいたら、郊外の待合《まちあい》で朝御飯を食べるところが描写してあった。なかなか達者な筆つきで、如何《いか》にも安待合の朝御飯がよく出ていたが、女主人公が、御飯と茶の味でその家の料理のうまいまずいがわかると云うところ、私もこれには同感だった。

私は方々《ほうぼう》旅をするので、旅の宿屋でたべる朝飯は、数かぎりもなく色々な思い出がある。まず悪口から云えば、いまでもはっきり思い出すのに、赤倉温泉に行って、香嶽楼と云う宿屋へ泊った時のことだ。ここは出迎えの自動車もあって、一流の宿屋だときいたのだけれど、朝飯にふかし飯《めし》を出されて、吃驚《びっくり》してしまった。ちょうど五月頃の客のない時で御飯もいちいち炊《た》けないのかも知れないけれど、二、三日泊っている間に、私は二、三度ふかし飯を食べさせられて女中さんに談判したことがある。どう云うせいなのか、これは三、四年前のことだのに、この無念さはいまだに思い出すのだから、食いものの恨みと云うものも、なかなか根強いものだと思う。――朝飯にかぎらず、食事のまずいのは東北。しかも樺太《からふと》あたりに行くと、朝からなまぐさい料理を出される。

朝飯がうまかった思い出は、静岡の辻梅と云う旅館に泊った時だ。ここでは何よりもまず茶のうまいのが愉《たの》しい。京都の縄手《なわて》にある西竹と云う家も朝御飯がふっくり炊けていてうまかった。それから、もっとうまいのに、船の御飯がある。船に乗る度《たび》におもうのだけれど、大連《だいれん》航路の朝の御飯はつくづくうまいと感心している。船旅では朝のトーストもなかなかうまいものだ。

パンで思い出すのは、北京《ペキン》の北京飯店の朝のマアマレイド。これは誰が煮るのか、澄んだ飴色《あめいろ》をしていて甘くなく酢っぱくなく実においしい。

私はめったに友人の家へ泊ったことがないけれど、鎌倉の深田《ふかだ》久弥《きゅうや》氏の家へ泊った時の朝御飯は、今でも時々、うまかったと思い出す。奥さんはみかけによらぬ料理好きで、ちょいちょいと短時間にうまいものをつくる才能があって、火鉢でじいじいと炒《い》ためてくれるハムの味、卵子《たまご》のむし方、香《こう》のもの、思い出して涎《よだれ》が出るのだから、よっぽど美味かったのに違いない。

私は、朝の肉は気にかからないが、朝から魚を出されるのは閉口。中国地の魚どころへ行くと、朝からしゃこの煮つけなんか出される。朝たべられる果物は軀《からだ》に金《きん》のような作用をするそうだけれども、全く、中国地でありがたいものは、果物がふんだんにたべられること。私はこのごろ、朝々レモンを輪切りにして水に浮かして飲んでいるけれど運動不足の軀には大変いいように思う。いまごろだと苺《いちご》の砂糖煮もパンとつけあわせて美味いし、いんぎんのバタ炒《い》り、熱い粉《こ》ふき藷《いも》に、金沢のうにをつけて食べるのなど夏の朝々には愉しいものの一つだと思う。うには方々のを食べてみたけれど、金沢のうにが一番うまいと思った。これは朝々パンをトーストにして、バタのように塗って食べるのだけれど、これは、ちょっとうますぎる感じ。——食べものの話になると、もっともっと書きたいのだけれど一息やすませて貰って、そのうち、うまいものをたべある記でも書きましょう。

私の仕事

——自作案内書

私は一種の遍歴家で、どの種族にも這入《はい》ってゆけない作家です。十年の間、色々な仕事をしてきましたけれど、おかしい事に、どの作品にもあまり惹《ひ》かれるものを持ちません。最近、川端康成氏の書かれた『僕の標本室』と云った昔の本を読んでいて、こんなにすぐれた作品をのこしてゆかれる作家をうらやましいと思いました。生活の上では畢《ひっ》生《せい》の気持ちで生きて来ながら、作品の上では、どうも潔癖なねばりと云うものがまだありません。いまから考えてみると、私は放浪記の生涯を、私の土台石的なものに考えます。あんな乱暴な文学心しかない私が、曲りなりにも、どうやらここまで来た気持ちは、いまでは吻《ほ》っとしながらも、少しはびくびくしているかたちです。そうしてちょっと、手をゆるめたら、すぐに溺《おぼ》れてしまいそうな、そんなあぶない気持ちもあるのです。私は、私の過去の作品について、案内書めいたものを書くのは、ほんとうに厭《いや》でなりません。夢中なそして鈍い作品ばかり書いて来た私には、現在どんな気持ちを書いていいのか、本当に何もわからないのです。作品の本領は、ただ一生懸命に作品を書いて、それを読者の判断に任せるより仕方がないでしょう。

仕事で返事をする。これが、私の本音なのです。仕事をしてゆきながら、色々な波にぶっつかってゆきます。本年の間に、私の仕事の上にも、様々なことがありました――大体、私の仕事は、放浪記時代、清貧の書時代、牡蠣《かき》時代と、三期にわけることが出来ると思います。その三ツの作品の間には、作家としての色々な苦しみもありましたけれど、もう、この苦しみはそろそろ私にとっては、かえって血肉になるような、そんな逆な余裕も感じるようになって来ていて、自分でも、いま、ぐいぐいと何か大きなものが書けそうな気持ちがしてなりません。

私が作家的に、一番苦しみ悩んで書いたものは、この雑誌に一年つづけました『稲妻』があります。力足らずしていまだ未完で放ってありますけれど、私は、いまでもこの作品が一番好きでなりません。――このロマンスにかかり始めてから、長篇小説の途中で感じる一種の「渇き」に、私は何度となくめぐりあい、それこそ足をさらわれるような淋しい気持ちになりました。『稲妻』は私にとっては新らしい水であり、『牡蠣』の亜流ですけれども、私はこの作品とは討死《うちじに》するような思いでかかっていました。私の初期の作品、『風琴と魚の町』から、今年の『すっぽん』に至るまで、私は無数の短篇を書いて来ましたけれど、自分で好きなものはほんとにわずかなものです。その好きな作品も、読後、浄福と云った境地になれないのですから、私は、心ひそかに自分を不思議な作家だとも思っております。

『清貧の書』執筆の頃. 上落合の家にて, 1931 年 8 月

私は、十年の間、何か無駄な歩みをしていたような気がしないでもありませんけれど、自惚《うぬぼ》れて云えば、その十年の捨石《すていし》があったればこそ、今日ではこんなに心に勇んでいるのだと、ほんとうに、自分でわくわくしている気持ちです。何だか無暗《むやみ》に仕事がしたいのです。この間も占をみて貰ったら、仕事を急ぐと早死にすると云われましたけれど、私はどうも落ちついていられない気持ちなのです。じっとしていると皮膚が焼けつきそうな、そんな忙《せ》わしい気持ちなのです。何かしら、早く目標をみさだめて、

しっかりしたものをゆっくり書いてみたい願いです。

どの作品だって、悪口を云われるとほんとうに腹が立つけれど、そのくせ、自分の作品の不器量さをよく知っているので、私は、また激しい気持ちで次の作品にかかります。気が弱そうでいて、私はなかなか勝気でもあるのでしょう。

＊

私は、作品の上では、あまり筋にこだわらない性分で、むしろ、筋をつくる事は何か臆《おっ》くうで仕方がありません。一貫した、幹のようなものが心に浮んで来ますと、それに細かな枝葉をつけることが愉しみです。その上で、作品に大きな暗示が滲《にじ》んでくれば成功だと思っています。——このごろ鷗外《おうがい》のものに溺《おぼ》れていますが、どうも、ああ云う完全なものを読むと、手も足も出ないかたちですが、私は小説を書く時は、鷗外の作品を譜面台のようにして、渇いては読み、疲れては再読しております。だけど、私は、たいへん不器用な作家で、この立派な譜面台も、ただエキスプレッションを、探すだけで、本格的な思想的ムーヴメントなんか、少しも飲みこめていません。ただ、何か、一生の仕事としていいものを一つ書きたい、これから何か出来るような気持ちです。おかしな云いかたですけれども、私の仕事の苦しさ愉《たの》しさはこれからあるような気持ちなのです。

私は始終一隅作家でありたいと願い、私は、自分の作品の上での古蹟をつくることはあまり好きません。――こんど、ささやかな選集を出すことになりましたけれど、これは、そのまま読み捨てられてしまって、作者も読者もさばさばしたいような、そんな気持ちでおります。こんな世界に停まっていないで、私は常に新らしく清々《すがすが》しく遍歴していたいのです。選集の初めに放浪記を出しましたけれど、この作品から、私の色々な流れを汲みとって貰えればと、そんな気持ちで、私は、もう一度、私の腸《はらわた》を洒《さら》す気持ちでした。

愉しい青春はこれからやって来そうだ。
遠い海の色、遠い空の色。
私の今日の眼にそれが鮮かに写っている。
生きていてよかった！
生きていて、深い息を吸っている幸福を
私は生きていてよかったと思う。

私は、いま滅茶々々に泣きたい気持ちです。ここまで張りつめて生きて来たのだもの……。

俳句

去年の暮だったか散歩のついでに吉屋《よしや》信子《のぶこ》さんのお宅に寄り、色々の話の末に、吉屋さんは俳句を勉強していられるときいた。女のひとで俳句をやっているひとはなかなかすくない。――私も俳句は大変好きなので、たちまち吉屋さんと共鳴して、時々何か題をつくって愉《たの》しみましょうと云うことになったが、さて、何か名句は出来ぬものか、吉屋女史があッと驚いてくれるような作品は出来ないものかと、首をひねって今年に至ったが、一つもよいものが出来ない。

俳句と云うのは生きのいい魚のようなもので、文字がぴちぴちしてなくては心を打って来ない。私は十年の間に三つばかり俳句らしきものをつくってみたが、一つは天狗《てんぐ》はいかいみたいで、一つは小唄みたいで、一つは妙ちきりんなものが出来た。この妙ちきりんと云うのは芥川龍之介の俳句を読んで、このひとは冷《つめた》いことばかり書いていたが、こんなのがいいのかしらと、私も一つ冷たいぞっとするようなのを書いてみようと、

硯《すずり》冷へて銭もなき冬の日暮かな

とつくって、当分うれしかったものであった。

旅へ出ると、私のようなものでも何か一筆と頼まれる折がある。仕方がないから、三つのうちの俳句をちゃんぽんに書くことにしているのだけれども、もうあきてしまって、何か名句を二、三句つくりたいとおもっている。――和歌と云うものは、いままでに二十首ほどつくってみたが、私は大きな字を書くくせがあるので、たいていの色紙へ三十一文字書《かき》きれなくなってしまうのだ。俳句だとどんな大きい字を書いても伸々と書けて遠慮がない。

私が初めて俳句をつくったのは、十九の歳の頃で、小豆島《しょうどしま》の草壁と云う土地にいた頃、桃の花の美しいのを見て

村を出てこゝ二三丁桃の花

と云う、まるで尻とり俳句みたいなものをつくった。自分でもさっぱり判らないような句で、これを吉屋さんにひろうすると、吉屋さんは「そうね」と云って下すっただけだった。あとの二つは大切に黙っていて云わないつもりだったのだけれど、吉屋さんのお宅で何彼《なにか》と御馳走になってしまったのでついうっかりして、二首ともひろうをしてしまった。

桐の花窓にしぐれて二日酔

吉屋さんは「あらなかなか意気だわ」とほめて下すったが、これはどうも小唄をもじったみたいで自信がない。堀の内の桐畑に住んでいた頃の句で、どうも写生風になって来ると、理におちていて面白くない。その次のが硯冷えてだけれど、これも真迫と云ったきびしいものがないのだ。

この間も、室生《むろう》さんと百田《ももた》〔宗治〕さんたちでやっていらっしゃる俳句の会から「枝」と云う題を戴いて寝ても覚《さ》めても枝々やと考えていたのだけれど、さて枝を読みこんでとなるとなかなか難かしい。

屋敷跡桜の枝に子供かな

と、ハガキに書いてみたが、これは来客の俳句のうまいひとに笑われてしまったので、返事を出さずじまい、——春の陽《ひ》が白っぽく枝にあたって、小鳥が時々その枝をゆりうごかしていると云った枝の句を読みたいのだったが、考え深くするほど浮かんで来ない。

椎《しい》の花の心にも似よ木曾《きそ》の旅

芭蕉《ばしょう》の句だが、何とすっきりしていることか、また、

躑躅《つつじ》いけてその陰に干鱈《ひだら》さく女

と云う句も好きだ。まるで絵を見ているような句で、芭蕉と云う御仁《ごじん》の眼に感服してしまう。俳句と云うものは、私にはあわててつくれないような気がする。その場で出来る

句にしても、何か長い間かこっておく麴《こうじ》のようなものがなくては席題をもらってもはっいいこうして来ない。

俳句を今年は一生懸命勉強しようとおもっている。

わが装幀の記

美しい本の装幀をみることは愉《たの》しみなものである。世にいう豪華版とか、限定本とかいった本はあまり好きだとはおもわない。少数な人に限られた愛玩《あいがん》本というものは、数《す》寄屋《きや》造りに西洋人でも住んでいるように、何となく寒々しいものが感じられる。本を装幀するには、何といっても紙にまさるものはないのだろう。私は布をつかった装幀を好かない。なかでも紺飛白《こんがすり》なんかつかってあるのはてんで読む気がしないのである。表紙が厚ぼったくって、なかの紙だの活字だのと少しも融け合っているところがない。その次に厭《いや》なのは絹ポプリンだろう。絹ポプリンの色物をつかうと、段々色があせて来て困る。

二、三年前に小泉八雲《こいずみやくも》の秘稿画本妖魔詩『妖魔詩話』という大きい本を求めたけれども、これは八雲自身が蒲団《ふとん》につかっていたという飛白《かすり》模様に似せた紺飛白がつかってあった。型は四六《しろく》判の四倍くらいの大きさなので出して読むのがなかなか億劫《おっくう》である。本の大きさは大きすぎても小さすぎてもいけないようだ。

＊

私は本のかたちとしては、四六判くらいが一番読みいいのではないかと思う。川端康成《かわばたやすなり》選集の装幀を一月の終りごろから始めているのだけれども、これは一任されているようでいて、著者の好みもあり、いまだになかなかはかどらない。

私はどっちかといえば真白い紙の装幀が好きである。しかも心《しん》にボール紙を入れない柔《やわら》かい表紙が読みいいような気がする。内容の紙は斤数《きんすう》の重い透明な紙がいいし、活字をややこしく詰めたのはきらいだ。本当をいえば、ルビだの卦《けい》だのつけたのも好きではない。布の装幀をつかって、ルビつきでやや成功していると思うのは志賀直哉《しがなおや》全集くらいのものだろう。

＊

著者の好みにもよるだろうけれど、私は紙に絵の書いてある本はあまり好かない。絵がベタベタ描いてある本は吐気《はきけ》が来そうである。第一、派手な絵の本はどこでも気軽に読むことが出来ないので困る。何処《どこ》でも読める本として成功している本は岩波文庫のあの装幀だと思う。何処でも読める本というものは結局一番役に立つ本といえるだろう。――私は昔の和綴《わと》じの木版本を非常に便利な本だと感心しているのだけれど、あんなに軽くて柔《やわら》か味《み》のある本はもう出ないものだろうか。頁数もせいぜい三百頁内外で、精興社あたりの活字をつかって好きな作家の清楚《せいそ》な本をつくりたいのだけれど、そんなのはまっぴらごめんと、本屋さんの方でなかなか頼んでくれそうもない。

文学的自叙伝

岡山と広島の間に尾《お》の道《みち》と云う小さな町があります。ほんの腰掛けのつもりで足を止めたこの尾の道と云う海岸町に、私は両親と三人で七年ばかり住んでいました。この町ではたった一つしかない市立の女学校に這入《はい》りました。女学校は小さい図書室を持っていて、『奥の細道』とか、『八犬伝』とか、吉屋《よしや》信子《のぶこ》女史の『屋根裏の二処女』とか云った本が置いてありました。学校の教室や、寄宿舎は、どれも眺めのいい窓を持っていましたのに、図書室だけは陰気で、運動具の亜鈴《あれい》や、鉄の輪のようなものまで置いてありましたので、何時《いつ》行ってもこの図書室は閑散でした。私はこの図書室で、ホワイト・ファングだの、鈴木《すずき》三重吉《みえきち》の『瓦』だのを読みました。平凡な娘がひととおりはそのようなものに眼を通す、そんな、感激のない日常でした。両親は、毎日、或いは泊りがけで、近くの町や村へ雑貨の行商に行っておりましたので、誰もいない家へ帰るのが厭《いや》で、私は女学校を卒業する四年の間、ほとんど、この陰気な図書室で暮らしておりました。目立たない生徒で、仲のいい友人も一人もありませんでした。無細工なおかしな娘だったので、自然と私も遠慮勝ちで友達をもとめなかったことと思います。二年生の時、椿姫の唄を唱歌室で聴きました。新任の亀井花子と云う音楽教師がレコードをかけてくれたのです。「ああそはかのひとか、うたげのなかに……」と云ったような言葉でしたが、唱歌の判らない私にも、その言葉は心が燃えるほど綺麗だったのです。上級にすすんで、私はウェルテル叢書を読むようになりました。橙《だいだい》色のような小さい赤い本で、マノン・レスコオだの、ポオルとヴィルジニイだの、カルメン、若きウェルテルの悲しみ、など読み耽《ふけ》りました。私たちの受持教師に森要人と云う、五十歳位の年配の方がいました。雨が降ると、詩と云うものを読んで聞かしてくれました。レールモントフと云うひとの少女の歌える歌とか云う、

いかりする人の鎗《やり》に似て
小舟は早くみどりなる
海のおもてを走るなり

と云ったものや、ハイネ、ホイットマン、アイヘンドルフ、ノヴァリス、カアル・ブッセと云った外国の詩を読んでくれました。その外国の人たちがどんな詩を書いていたのか、みんな忘れてしまったけれども、随分心温かでした。生徒はみんなノートしているのに、私だけはノートもしないで、眼をつぶってその詩にききほれたものでした。ビヨルソンの詩とか、プウシキンのうぐいすと云う名前など、綺麗な唄なので覚えています。自然に、私は詩が大変好きになりました。燃えあがる悲しみやよろこばしさを、不自由もなく歌える詩と云うものを組しやすしと考えてか、埒《らち》もない風景詩をその頃書きつけて愉《たの》しんでいました。

大正十一年の春、女学校生活が終ると、何の目的もなく、世の常の娘のように、私は身一つで東京へ出て参りました。汽車の煤煙が眼に這入って、半年も眼を患《わずら》い、生活の不如意と、目的のない焦々《いらいら》しさで困ってしまいました。半年もすると、両親は尾の道を引きはらい、東京の私の処へやって参りました。私は東京へ来てから雑誌ひとつ見ることが出来ませんでした。また読みたいとも思わず、私は、大正十一年の秋、やっと職をみつけて、赤坂の小学新報社と云うのに、帯封《おびふう》書きに傭《やと》われて行きました。日給が七拾銭位だったでしょう。東中野の川添と云う田圃《たんぼ》の中の駄菓子屋の二階に両親といました。

私は、このあたりから文学的自叙伝などとはおよそ縁遠い生活に這入り、ただ、働きたべるための月日をおくりました。日給がすくないので、株屋の事務員をしたりしました。日本橋に千代田橋と云うのがあります。白木屋《しろきや》のそばで繁華な街でした。橋のそばの日立商会と云う株屋さんに月給参拾円で通いましたが、ここも三、四ケ月で馘《くび》になり、私は両親と一緒に神楽坂《かぐらざか》だの道玄坂だのに雑貨の夜店を出すに至りました。初めのうちは大変はずかしかったのですけれども、馴《な》れて来ると、私は両親と別れて、一人で夜店を出すようになりました。寒い晩などは、焼けるようなカイロを抱いて、古本に読み耽りました。私の読書ときたら乱読にちかく、ちつじょもないのですが、加能作次郎《かのうさくじろう》と云うひとの霰《あられ》の降る日と云うのを不思議によく覚えています。いまでも、加能作次郎氏はいい作家だと思います。加能氏が牛屋《ぎゅうや》の下足番《げそくばん》をされたと云うのを何かで読んでいたので、よけいに心打たれたのでしょう。私はその頃新潮社から出ていた文章倶楽部《くらぶ》と云う雑誌が好きでした。室生犀星《むろうさいせい》氏が朝湯の好きな方だと云うことも、古本屋で買った文章倶楽部で知りました。室生氏が手拭《てぬぐい》をぶらさげて怒ったような顔で立っていられる写真を覚えています。私は室生氏の詩が大変好きでした。大正十二年震災に逢って、私たちは東京を去り、暫《しばら》く両親と四国地方を廻っておりました。暗澹《あんたん》とした日常で、何しろ、すすんで何かやりたいと云った熱情のない娘でしたので、住居《すまい》も定まらず親子三人で宿屋から宿屋を転々としながら、私は何時も母親に余計者だとののしられながら暮らしていました。大正十三年の春、また、私はひとりで東京へ舞い戻って来ました。セルロイド工場の女工になったり、毛糸店の売子になったり、或る区役所の前の代書屋に通ったりして生活していましたが、友人の紹介で、田辺若男《たなべわかお》氏を知りました。松井須磨子《まついすまこ》たちと芝居をしていたひとです。私は、間もなく、この田辺氏と結婚しました。同棲二、三ケ月の短い間でありましたが、私はこの結婚生活の間に、田辺氏の紹介で詩を書く色々な人たちに逢いました。萩原恭次郎《はぎわらきょうじろう》氏とか壺井繁治《つぼいしげじ》氏、岡本潤《おかもとじゅん》氏、高橋新吉《たかはししんきち》氏、友谷静栄《ともやしずえ》さんなど、みんな元気がよくて、アナアキズムの詩を書いていました。夏の終り頃、田辺氏に去られて、私は友谷静栄さんと「二人」と云う詩の同人雑誌を出しました。いまその「二人」が手許《てもと》にないのでどんな詩を書いていたのか忘れてしまったけれども、なかでもお釈迦《しゃか》様と云うのを辻潤《つじじゅん》氏が大変讃めて下すったのを記憶しています。——本郷の肴町《さかなまち》にある南天堂と云う書店の二階が仏蘭西《フランス》風なレストランで、そこには毎晩のように色々な文人が集りました。辻潤氏や、宮嶋資夫《みやじますけお》氏や片岡鉄兵《かたおかてっぺい》氏などそこで知りました。ひとりになると、私はまた食べられないので、その頃は、神田のカフェーに勤めていました。大正琴のあるようなカフェーなので、そんなに収入はありませんでした。「二人」は金が続かないので五号位で止《や》めてしまいました。友谷静栄と云うひとは才能のあるひとで、その頃、新感覚派の雑誌、文学時代の編輯をも手伝っていました。私は、その頃童話のようなものを書いていましたが、これは愉しみで書くだけで少しも売れなかったのです。

私にとって、一番苦しい月日が続きました。ある日、私は、菊富士ホテルにいられた宇野浩二《うのこうじ》氏をたずねて、教えを乞うたことがありましたが、宇野氏は寝床《ねどこ》の中から、キチンと小さく坐っている私に、「話すようにお書きになればいいのですよ」と云って下すった。たった一度お訪ねしたきりでした。間もなく、私は野村吉哉《のむらよしや》氏と結婚しました。大変早くから詩壇に認められたひとで、二十歳の年には中央公論に論文を書いていました。その頃、草野心平《くさのしんぺい》さんが、上海から薄い同人雑誌を送ってよこしていました。——世田ケ谷の奥に住んでいました時、まだ無名作家の平林たい子さんが紅《あか》い肩掛けをして訪ねて見えました。その頃、私におとらないように、たい子さんも大変苦労していられたようでした。野村氏とは二年ほどして別れた私は新宿のカフェーに住み込んだりして暮らしていました。カフェーで働くことも厭になると、私はその頃、ひとりぐらしになっていたたい子さんの二階がりへ転り住んで、暫《しばら》くたい子さんと二人で酒屋の二階で暮らしました。その頃、無産婦人同盟と云うのにも這入りましたが、私のような者には肌あいの馴れない婦人団体でした。その頃、童話を書くかたわら、私は文芸戦線に、創刊号から詩を書いていました。ところで、私の童話はまれにしか売れないのです。――

私はその頃、徳田秋声《とくだしゆうせい》先生のお家にも行き馴れておりました。みすぼらしい私を厭がりもしないで、先生は何時行っても逢って下すったし、お金を無心して四拾円も下すったのを今だにザンキにたえなく思っています。徳田先生には一度も自分の小説は持参しなかったけれども、転々と持ちあるいて黄色くなった私の詩稿を先生にお見せした事があります。（これはまるでつくりごとのようだけれども）私の詩集を読んで眼鏡《めがね》を外《は》ずして先生は泣いていられました。私はその時、先生のお家で一生女中になりたいと思った位です。たった一言「いい詩だ」と云って下すったことが、やけになって、生きていたくもないと思っていた私を、どんなに勇ましくした事か……、私はうれしくて仕方がないので、先生のお家の玄関へある夜西瓜《すいか》を置いて来ました。あとで聞いたのだけれどもいつか徳田先生と私と順子さんと、来合わしていた青年のひとと散歩をしてお汁粉《しるこ》を先生に御馳走になったのですが、その青年のひとが窪川鶴次郎《くぼかわつるじろう》氏だったりしました。私はひとりになると、よく徳田先生のお家へ行ったし、先生は、御飯を御馳走して下すったり落語をききに連れて行って下すったりしました。先生と二人で冬の寒い夜、本郷丸山町の深尾須磨子さんのお家を訪ねて行ったりして、お留守であった思い出もあるのですが、考えてみると、私を、今日のような道に誘って下すったのは徳田先生のような気がしてなりません。

昭和元年、私は現在の良人《おっと》と結婚しました。文芸戦線から退いて、孤独になって雑文書きに専念しました。才能もない人間には努力より他になく、この年頃から、私はようやく、何か書いてみたいと思い始めました。結婚生活に這入っても、生活は以前より何層倍も辛く、米の買える日が珍らしい位で、良人の年に三度ある国技館のバック描きの仕事と、私の年に二、三度位売れる雑文で月日を過ごしました。

その時分、私はもう詩が書けなくなっていました。日記を雑記帳に六冊ばかり書き溜めていましたが、これを当時長谷川時雨《はせがわしぐれ》女史によって創刊された女人芸術の二号位から載せて貰いました。三上於菟吉《みかみおときち》氏が大変讃《ほ》めて下すったのを心に銘じています。——この頃から、私はフィリップに溺《おぼ》れ始め、フィリップの若き日の手紙には身に徹しるものを感じました。私は、まるで大洪水に逢ったように、売るあてもない原稿の乱作をしました。『清貧の書』と云う作品もこの時代に書きました。この時代ほど乱作した事はありません。昭和四年の夏、私は着る浴衣《ゆかた》さえも売りつくして、紅い海水着で暮らしていました。堀の内の墓場に近い広い庭園の中の家で、着物がなくても気兼ねすることはありませんでしたが、ある日、大きな鞄《かばん》をさげて一人の紳士が私を訪れて来ました。折悪《おりあ》しく、その紅い海水着のまま、台所とも玄関ともつかない所で洗濯していた私は、ぞんざいな口調で、「何ですか」と尋ねたものです。「改造社のものです」と、その紳士は私に名刺を出しました。私は、裸に近い自分に赤面してしまって、とにかく、着物もないのですからむき出しのひざ小僧へ手拭をあてて縁側《えんがわ》へ坐って挨拶しました。その方が、改造社の鈴木一意氏でした。

私は、その秋の改造十月号に『九州炭坑街放浪記』と云う一文を載せて貰うことが出来ました。その時のうれしさは何にたとえるすべもありません。広告が新聞に出ると、私は、その十月号の執筆者の名前をみんな覚えこんだものでした。創作では、久米正雄《くめまさお》氏のモン・アミが大きな活字で出ていました。森田草平《もりたそうへい》氏の四十八人目と云うのや、谷崎潤一郎《たにざきじゅんいちろう》氏の卍《まんじ》、川端康成氏の温泉宿、野上弥生子《のがみやえこ》氏の燃ゆる薔薇、里見弴《さとみとん》氏の大地、岩藤雪夫《いわとうゆきお》氏の闘いを襲《つ》ぐもの、この七篇の華々しい小説が、どんなに私をシゲキしてくれたか知れないのです。なお、斎藤茂吉《さいとうもきち》氏のミュンヘン雑記や、室生犀星氏の文学を包囲する速力、三木清《みききよし》氏の啓蒙文学論、河上肇《かわかみはじめ》氏の第二貧乏物語、ピリニャークの狼の掟《おきて》などと云ったものは、書籍一冊も売りつくして持たない私を、どんなにはげましてくれたかしれません。私の炭坑街放浪記では二ケ月は遊んで暮らせるほど稿料を貰いました。

その頃、私は稿料と云うものなど思いも及ばなかったのです。私は、雑文を書いては、紹介状もないのにひとりで新聞社へ出掛けて行きました。朝、八時頃、堀の内を発足して丸の内まで歩いて行きますと、十一時頃丸の内に着き、そこで、新聞社に原稿を置いて帰って来るのですが、一度は夕方帰って見ると、もはや速達で原稿が送り返されて来たりしておりました。私の雑文は、詩も随筆も小説も、みんな一つとして満足に売れたことはありませんのに、改造社から、稿料を貰った時はひどく身に沁《し》みる思いでした。――女人芸術には、毎月続けて放浪記を書いておりましたが、女人芸術は、何時か左翼の方の雑誌のようになってしまっていましたので、一年ほど続けて止めてしまいました。平林たい子さんは、文芸戦線から押されてその時はそうそうたる作家になっていました。女人芸術に拠っていました時、中本たか子さんや、宇野千代《うのちよ》さんを知りました。宇野千代氏は、当時、私の最も敬愛する作家でした。

　この頃から、私は図書館を放浪しはじめ上野の図書館へは一年ほど通いました。此様に私にとって愉しい時代はありませんでした。眼は近くなり乱視の状態にまでなりましたが、私は毎日図書館通いをして乱読暴読しました。ここでは岡倉天心《おかくらてんしん》の茶の本とか唐詩選、安倍能成《あべよししげ》と云ぅ方のカントの宗教哲学と云ったぜいたくな書物まで乱読しました。この頃から小説を書いてみたいと思い始めましたが、長い間雑文にまみれていましたので、私の筆は荒《すさ》んでいて、二、三枚も書き始めると、自分に絶望して来るのです。詩から出発していましたせいか、詩で云えば十行で書き尽くせるような情熱を、湯をさますようにして五十枚にも百枚にも伸ばして書く小説体と云うものが大変苦痛だったのです。段々、詩は人に読まれなくなっていましたが、詩へ向う私の心は烈《はげ》しいものでした。

　私は女友達の松下文子と云ぅ方から五拾円貰って、牛込《うしごめ》の南宋書院の主人の好意で『蒼馬を見たり』と云ぅ詩集を出しました。松下文子と云ぅ人は、私にとっては忘れる事の出来ない友人なのです。いまは北海道の旭川に帰り、林学博士松下真孝氏と結婚されているのですが、私の詩集も、このひとの友情がなかったら出版されていなかったのでしょう。

さて、詩集を出版したものの私の文学についての目標は依然として暗澹たるものでした。私の放浪記は好評悪評さまざまで、華々しい左翼の人たちからはルンペンとして一笑されていました。昭和五年改造社から、新鋭叢書と云った単行本のシリイズが出ましたが、その中へ、私の放浪記も加えられたのです。改造社へ放浪記の厚い原稿を持ち込んで二年目に、陽《ひ》の目を見ることが出来たのですが、そのときは頭が痛いほどうれしく、私は身分不相応に貰った印税で、その秋、すぐ支那へ二ケ月の予定で旅立って行きました。大いに考えるつもりでもあったのです。旅の間中、小説を書きたいと思いました。

昭和六年三月、私は処女作として『風琴と魚の町』と云うのを改造へ書かせて貰いましたが、大人の童話のようなものでした。小説の形式では、その年の正月から約二ケ月、東京朝日新聞の夕刊に『浅春譜』と云うのを発表していましたが、大変失敗の作でした。

プロレタリア文学はますますさかんでした。私は、孤立無援の状態で、自分の一切に絶望していました。仕事してゆく自信、生きてゆく自信がなくなり、どこか外国へ行ってみたくて仕方がありませんでした。

旧作、『清貧の書』の書きなおしにかかり、その年の改造十月号に清貧の書を送り、雑文でよせあつめた金を持って、私はシベリア経由で、昭和六年仏蘭西《フランス》へ旅立って行きました。なかなか、この当時、私は行動主義でもあったわけです。再び日本へは帰って来られないと思いました。シベリアのさまざまな雪景色を眺めて、外国でのたれ死にするかも知れないと、本気でそんなことを考えていました。巴里《パリ》に着いてからも私から雑文書きの仕事は離れないのです。着くと早々フランが高くなった為に、私は毎日々々アパルトマンの七階の部屋で雑文を書き、巴里へ送って来た金を逆に日本の両親のもとへ送らなければならなかったのです。巴里では栄養不良の一種で鳥眼《とりめ》になってしまいました。夜分になると視力が衰え、何をする勇気もないのです。

眼を病《や》んで寝ている時、渡辺一夫《わたなべかずお》氏たちにお見舞を受けたのですが、その時のうれしさは随分でした。欧洲にいる間、私は一つの詩、一つの小説も書きません。昭和七年の正月、倫敦《ロンドン》に渡ってゆきましたが、ここでは寒さに閉じこめられて、落ちついて読書することが出来ました。ケンシントン街の小さいパンションにいましたが、毎日部屋にこもってばかりいました。詩を沢山読みました――ガルスワアジイと云うひとの、「生とは何か？　水平な波の飛び上ること、灰となった火のぱっと燃えること、空気のない墓場に生きている風！　死とは何か？　不滅な太陽の沈むこと、眠らない月のねむること、始まらない物語りの終局《おわり》！」このような詩に、私は少女の頃、ああそはかのひとかと聞いた日を憶い出して、心を熱くたぎらせたものでした。立派な詩を書きたいと思いました。欧洲にいると、不思議に詩が生活にぴったりして来ますし、日本の言葉でうたった日本の詩が、随分美しく聞えるのです。日本の言葉はきたないから詩には不向きだと云うひともあるけれど、随分もったいない話で、私は欧洲にいて日本の言葉の美しさ、日本の詩や歌の美しさを識《し》りました。

日本の言葉の一つもない欧洲の空で、〔北原〕白秋《はくしゅう》氏の詩でも、犀星氏の詩でも〔佐藤〕春夫氏の詩でも声高くうたってみると、言葉の見事さに打たれます。私は日本の言葉を大変美しいと思い、ひそかに自分の母国語にほこりさえ持ちました。倫敦《ロンドン》の宿では川端康成氏の落葉と云う小説にも言葉の美しさを感じました。

長い小説を書きたいと思いましたが、根気がないものだから、一枚も出来ませんでした。ここでは、紀行文風な随筆ばかり書いていました。日本へ帰れるあては依然としてないのです。ここでも眼を患いましたが、歩くのに不自由はしませんでした。三月に再び巴里《パリ》までまい戻って、私は日本に帰りたいことにあせり始めました。

焦々《いらいら》するのは、詩一つ出来なかったからでしょう。巴里に帰ってみると、あてにしていた稿料が、本人行先不明で日本へ返されていたのにはがっかりしました。

昭和七年の夏、山本改造社長の好意で旅費を送って貰い、私は欧洲から再び日本の土を踏むことが出来ました。日本へ上陸するなり考えたことはすばらしい詩を書きたいと思ったことです。血の気のない古色をおびた小説が私の眼にうつり始め、私は日本の若い作家に軽い失望を感じたりしたのです。一年あまりの欧洲滞在で、私は感覚ばかりが逞《たくま》しくなったようです。感覚ばかりが逞しい故に、自分の作品の上の技巧はかえって稚拙なもので、一年の間は、散文のような小説を書いていました。河上徹太郎《かわかみてつたろう》氏、小林秀雄《こばやしひでお》氏たちに深切《しんせつ》な批評を貰いました。曲りなりにも血の気の多い作品を書きたいと思っていたのです。日本のいまの文学から消えているものは詩脈ではないかと思ったりしました。詩のない世界に何の文学ぞやと思ったりしました。ちつじょ立った大論文も書けないので、いまさら詩を論じることは笑われそうだけれども、私は欧洲で感じた日本の言葉の美しいのに愕《おどろ》き、その言葉で歌った日本の詩に金鉱を掘りあてたようなほこりを持ったのです。近年、ロマン主義だとか能動精神だとか行動主義だとか云われるようになったけれども、誰も彼も詩を探しているのではないだろうかと思ったりします。大切なものが忘れられているような気がします。

帰って来ても、相変らず孤独で、いずれのグループにも拠っていないのですが、こつこつやって、努力するしか仕方がないと思っています。

帰ってすぐ、私は詩へのあこがれから、自費出版の形式で『面影』と云う未熟な詩集を出しました。保高徳蔵《やすたかとくぞう》氏の友情で出せたのですが、百の自分の小説よりも愉しいのです。

頃日《けいじつ》、私はやっと雑文を書く世界から解放されましたが、随分この時代が長かっただけに、ここから抜け出すことが大変苦しかったのです、これから再出発して小説と詩に専念したいと思います。生意気な話だけれども、ツルゲーネフにしたって、イブセンにしたって、フィリップにしたって、犀星にしても春夫にしても沢山いい詩を発表しているのですから、小説のかたわら詩を書けることは、自分自身に大変勇気の出ることだと思います。秋元氏の訳された作家プウシキンのうぐいすも、大変私をシゲキしてくれます。「くらく、しずけき真夜中を、園にして薔薇の色香をたたえつつ、鶯うたう。されども薔薇は、心ある鳥の歌に答えせず。うつらうつらと夢心地、たのしき歌を聞きつつも、ただにまどろむ。同じからずや、詩人《うたびと》よ、君がさだめのうぐいすに……」もうこんなのを読みますと、仕事々々と思います。日本の犀星氏、春夫氏も大事にしてあげなくてはいけないと思ったりします。

私はいま、七人の家族で暮らしています。昔のように、食べることにはどうやら困らなくなりましたが、これからが大変だと思います。本当の文学的自叙伝もこれから生れて来るのだと考えております。

らんちゅうと遊ぶ．下落合の西洋館にて，1935 年 9 月

解　説

武藤康史

林芙美子（一九〇四―五一）の昭和十年前後の随筆から選んで一冊にまとめてみた。

昭和五年に『放浪記』を出して一躍文名を挙げ、以後「風琴と魚の町」「清貧の書」「泣虫小僧」「牡蠣」「稲妻」「枯葉」「南風」「杜鵑」などの小説を次々と発表していたころの、忙しいさなかに書かれた随筆群である。『林芙美子選集』（改造社）、『林芙美子全集』（新潮社）に収録の本文から採ったが、この大半は、

『厨女雑記』（岡倉書房、昭和九年刊）
『文学的断章』（河出書房、昭和十一年刊）
『田舎がへり』（改造社、昭和十二年刊）
『私の昆虫記』（改造社、昭和十三年刊）
『心境と風格』（創元社、昭和十四年刊）

に収められていた。

『厨女雑記』の「序」には、

「随筆というものは、つねに着るきもののようなものだと思います。そのひとの色色な心がまえや、趣味なぞがうかがえて、外出着のような派手なところがないだけに、大変自分でも心愉しく書いて来ました」

という一節がある(この文庫の本文に合わせ、表記は改変して引く)。

『文学的断章』の「後記」でも、

「随筆をかいている時は、私の一番愉しいことを現わしている時間です」

と述べているが、『心境と風格』の「あとがき」では、

「随筆を書くと云うことは、ひとりで徒歩旅行をしているような淋しい思いを感じます」

と書いていた。あるいは愉しいと言い、あるいは淋しいと言い、思いはさまざまのようだが、それだけ力を出し切っていたということでもあろうか。

「落合町山川記」は「改造」昭和八年九月号に載ったもの。その三年前の昭和五年、「落合川のそばの三輪の家」に引越したころの回想から始まる。昭和六年から七年にか

けてヨーロッパで暮し、帰国後また落合に住んだ。前の住所は上落合だったが今度は下落合になった。

近くに住む文人の名が挙がっているほか、「武藤大将邸」があり、葬式があったと書かれている。陸軍大将から元帥になった武藤信義のことで、ちょうど昭和八年七月二十八日に死去。自宅は下落合だった。

「貸家探し」は昭和十年十一月二十七日から三十日まで四回に分けて「都新聞」(現「東京新聞」)に載ったものだが、これが『文学的断章』に収められたとき最初の一回分は削除されてしまった(そのあとの『林芙美子選集』なども同じ)。二十七日の紙面に載っていた「貸家探し」の(一)は、

「みぞれでも来そうに寒い朝であった。郵便が来たので、何時ものように火鉢に火をついでたんねんに眺めていると、『輝く』と云うパンフレットの中に板垣直子が私と平林たい子の著作について何か云ってくれている。妙に胸苦しい気持ちであった。平林たい子と私を同列にして論じてくれていることはなかなかありがたいのだけれども、それでは平林たい子が迷惑であろう、その朝の読売の匿名批評にも自分のことがやっつけられて出ていた。ここにも平林たい子と私が論じられている。平林たい子は文壇的に云っ

て、私の先輩である。私はこの二つの批評を読んで、平林たい子氏に大変すまないと思った」

と書き出されている。「輝く」とは「輝ク」のことで、長谷川時雨を中心とする「輝ク会」の機関誌(パンフレットという言い方もされた)である。それに載っていた板垣直子の論に腹を立てたというところから始まっていたのだ。板垣直子は「落合町山川記」や「わが住む界隈」にも名前の見える評論家で、近所に住み、往き来があった。林芙美子は相手の発言を少々引いて、

「子供じゃあるまいし、顔を洗って出なおして貰いたい」

などと激している。そして、

「読売の匿名欄にも、ほぼ板垣直子の云ったような事が書いてあったが、これはたぶん男のひとが書いたのだろう。いっときは女らしく悄気《しょげ》て、年寄りたちを連れて田舎へ引っこんでしまおうかと思ったりした。さしずめ、この落合の町からどこかへ引越してしまおう、そうして、すこし苦味《にが》い顔して孤独で仕事をしようと思いなおした」

と弱気を覗かせる。この気分が「貸家探し」へとつながるわけだ。しかし「読売新聞」の匿名批評にやっつけられたときはしょげたものの、板垣直子の論に接したときは敵愾

心を掻き立てられたらしい。右の引用のあとはこう続く。

「何だか、いまはもりもり書けそうな気がして仕方がない。云うだけの事は云いかえそう。板垣直子さん、まあ、長い眼で見ていて下さい。あなたは、私を上りきるところまで上りきって頂上も判ったような事を云うが、冗談じゃありませんよ。私はこれから一年生だ。まだ三十二歳です。あなたよりはよっぽど若いのですよ、人生は四十から本当の小説を書いてもいいではありませんか」

板垣直子は林芙美子より七歳上だった。このあとも、

「身辺コウゲキはやめて下さい」

とか、

「訪客も当分御めんだ」

などと怒りをくすぶらせ、そしてようやく、

「あんまり気分が重いので、昼御飯が済むとひとりで貸家探しに出掛けた。靴の先が凍るように寒い日で、頭が始終ずきずきした。本郷肴町まで市電で行って、団子坂の方へ歩いた」

と貸家探しに出発する。そこから林町へ行き、高村光太郎の家を見たりしたところで

(一)は終っていた。単行本所収の(この文庫にも入れた)「貸家探し」の本文は、じつは(二)からなのである。終り近くにしるされる「朝の憂鬱」というのも、削除された(一)の内容を指す。わかりにくくなるが、激しいことばを単行本に残したくないと思ったのだろうか。

いずれにしてもこの文章、貸家探しを装った散歩の記というところである。林芙美子は落合に住み続けた。昭和十六年、下落合(淀橋区下落合、現新宿区中井)に家を建て、ここが終焉の地となった。

なお、ここで追悼されている豊島薫は都新聞社文化部の人。「貸家探し」掲載の数日前、十一月二十二日の「都新聞」に「豊島本社員逝く」という小さな記事が載っている。昭和三年入社、「文芸面の編輯を担当し資性温厚清廉、明敏な頭脳で知られていた」という。十一月二十日に死去、享年三十二とある。

「恋愛の微醺」は「日本評論」昭和十一年八月号に掲載。「新恋愛論」という特集の一篇で、ほかに中島健蔵や山川菊栄が書いている。文中、『サーニン』『みれん』『女の一生』など小説の題が並ぶが、『ヤーマ』というのは私は知らなかった。ロシアのクプリーンの小説だった。

「平凡な女」で引かれるアイヘンドルフも知らなかった。ドイツの詩人だった。

「可愛い女優さん」では堤真佐子に注目している。林芙美子原作の映画『放浪記』(木村荘十二監督、昭和十年)に出た女優である。堤真佐子は大正六年生れ。『放浪記』のとき十八歳だった。

「ある一頁」に「『ほろ酔いの人生』という活動か何かの言葉があったが」というくだりがある。「秋その他」にも「『ほろよい人生』と云うのは顔ぶれが面白そうだが」と見える。この『ほろよひ人生』(木村荘十二監督、昭和八年)にも堤真佐子は出演している。

「可愛い女優さん」には細川ちか子のことも書いてあった。「細川さんの生き方は、流転すればするほど」云々というのは、細川ちか子が実業家の夫と離婚したあと俳優の丸山定夫と結ばれ、やがて別れ、次にやはり俳優の嵯峨《さが》善兵《ぜんぺい》と結ばれ、また別れた……という当時よく知られた事実を指すのだろう。「雲右衛門もよかったが」とは『桃中軒雲右衛門』(成瀬巳喜男監督、昭和十一年)のこと。細川ちか子は浪曲師である雲右衛門の女房を演じた。「こんな思い出」にもこの映画を見たことが書いてある。

「私の先生」は「文芸首都」昭和十年四月号に掲載。この号には映画『放浪記』のスチール写真も掲げられていた。詩の投稿欄の選者も林芙美子。

「古い覚帳について」は「文芸首都」昭和八年十一月号に載ったもの。従って引用されているのは昭和八年八月から九月の記録ということになる。ここでもふれられているように、林芙美子は九月四日から十二日まで中野警察署に留置された。当時いろいろな報道があったが、新聞記事を一つだけ引いておくと、九月八日の「都新聞」は「林芙美子女史／シンパで検挙」という見出しの記事で「『赤旗』の配付を受け党資金局に資金の提供を約していたため検挙されたもの」と書いている。また、「シェキスピアで大阪行き」というのは、坪内逍遥訳『新修シェークスピア全集』刊行記念の講演会に行ったもの。

「鏑木清方氏」「菊池寛氏」はもと新聞に載った訪問記。『文学的断章』に収められており、「関根金次郎氏」「鏑木清方氏」「本因坊秀哉氏」「小林一三氏」「中村歌右衛門丈」「菊池寛氏」という一連の文章から二篇を採った。

林芙美子は「日記」という題の文章をいくつか書いているが、ここに入れた「日記」は『文学的断章』所収、もとは「文学界」昭和十年八月号に載ったもの。昭和十年六月の日記ということになる。「番匠谷氏の『源氏物語』」とあるのは番匠谷英一《ばんしょうやえいいち》の『戯曲源氏物語』(河出書房、昭和十年六月刊)のこと。「改造七月号」とあるのも昭和十年の七月号のことで、「文壇寸評」は四段組・見開き二ページの匿名コラム。「行動主義文学と銘打った創作六篇(行動)を読んだが、何等積極的な野望も、至純な情熱も感じられなかった。凡ては若き小説業者の小説である。溢るる思いもなければ、身を焼く烈しさもなし、頼まれたから書いたという小説」と始まっていた。林芙美子が共感をこめて引用していたのは、ここに続くくだりである。

「秋その他」でふれられているドイツ映画『夢見る唇』(林芙美子は脣を使っていたが)は日本では昭和八年十月封切。『頰を寄すれば』(島津保次郎監督)はその年の七月封切だった。「あの子役だけが熱演だ」と書かれている子役とは、当時九歳だった高峰秀子である。及川道子の声についての論評があったが、当時は本格的な(日本の)トーキー映画が登場してからまだ二年ほどで、サイレント映画も作られていた時期である。いち早く映画の声に着目した批評ということになろう。

「わが装幀の記」に「川端康成選集の装幀」を始めたとあるが、これは昭和十三年四月から刊行の始まった改造社の『川端康成選集』(全九巻)のこと。林芙美子はしばしば装幀を手がけ、『私の昆虫記』なども著者自装だった。

「私の仕事」は「文芸」昭和十二年八月号に、「文学的自叙伝」は「新潮」昭和十年八月号に載ったもの。

林芙美子の歿後、創元社から『現代随想全集』が出ている。その第二十四巻が『林芙美子・宮本百合子・野上彌生子集』だった(昭和二十九年刊)。「文学的自叙伝」「私の仕事」「私の二十歳」など二十篇ほどが収められている。「解説」は板垣直子であった。「文学的自叙伝」についてこの「解説」では「芙美子は空想が発達し、経験をかくにあたってさえも、虚構の混入量が多かった。この自叙伝でも、事実と年代がつねに正確であったということがなく、ごっちゃになっている」と非難がましく書かれている。「私の二十歳」についても「実際の記録からは遊離している」と手厳しい。その上、「実際には、初恋の男にそむかれた心の深傷《ふかで》と孤独、物質的な窮乏〔の〕どんぞこに流浪していた頃で、ずたずたな思出丈《おもいでだけ》だったに違いない」と断定してみせるのだが、どんなものだろうか。

また、林芙美子の仕事を小説と詩と「雑文」と規定し、その「雑文」について、「詩も亦《また》彼女の豊かな感情のはけ口、芸術的表現の一翼であったのに対して、雑文類は余り内的な使命をもたなかった。大抵の場合、依頼された枚数のうちで、ただに責《せめ》を果す位の気持でかかれた」

などと決めつける。作家の随筆はほとんどそういう条件で書かれるものであろうからこの言い方は当らないと思うが、続けて、

「何をかいたかといえば、多く生活の落穂であった。落穂であったのだから芸術的な工夫もされていない。かきっ放しの流儀である。けれども芙美子の文章そのものには、感情の波打つ光沢があるし、平凡な生活の生目のなかに細かなニュアンスを生かす力がある。それ故、めだたない生活を、めだたない方法で綴っても、吸いつける魔力をもっていたことは、何といっても芙美子の大きな才能であった。それ故、芙美子としては、大して力をわけたわけでなかった随筆にも、読者がついてきたのであろう」

と分析しているのにはうなずかされた。

〔編集付記〕

一、本書は『林芙美子全集』(一九七七年、文泉堂出版)、『林芙美子選集』(一九三七年、改造社)を底本とした。
一、本書に使用した写真は、新宿歴史博物館から提供していただいた。
一、諸本を参照して振り仮名の整理をし、左記の要項にしたがって表記がえをおこなった。

岩波文庫(緑帯)の表記について

近代日本文学の鑑賞が若い読者にとって少しでも容易となるよう、旧字・旧仮名で書かれた作品の表記の現代化をはかった。そのさい、原文の趣をできるだけ損なうことがないように配慮しながら、次の方針にのっとって表記がえをおこなった。

(一) 旧仮名づかいを現代仮名づかいに改める。ただし、原文が文語文であるときは旧仮名づかいのままとする。
(二) 「常用漢字表」に掲げられている漢字は新字体に改める。
(三) 漢字語のうち代名詞・副詞・接続詞など、使用頻度の高いものを一定の枠内で平仮名に改める。
(四) 平仮名を漢字に、あるいは漢字を別の漢字にかえることは、原則としておこなわない。
(五) 振り仮名を次のように使用する。
(イ) 読みにくい語、読み誤りやすい語には現代仮名づかいで振り仮名を付す。
(ロ) 送り仮名は原文どおりとし、その過不足は振り仮名によって処理する。
例、明に→明《あきらか》に

(岩波文庫編集部)

林《はやし》芙美子《ふみこ》随筆集《ずいひつしゅう》

2003年2月14日　第1刷発行
2023年7月27日　第9刷発行

編　者　武藤康史《むとうやすし》

発行者　坂本政謙

発行所　株式会社　岩波書店
〒101-8002 東京都千代田区一ツ橋 2-5-5
案内 03-5210-4000　営業部 03-5210-4111
文庫編集部 03-5210-4051
https://www.iwanami.co.jp/

印刷・精興社　製本・中永製本

ISBN 978-4-00-311691-3　Printed in Japan

読書子に寄す

—岩波文庫発刊に際して—

岩波茂雄

真理は万人によって求められることを自ら欲し、芸術は万人によって愛されることを自ら望む。かつては民を愚昧ならしめるために学芸が最も狭き堂宇に閉鎖されたことがあった。今や知識と美とを特権階級の独占より奪い返すことはつねに進取的なる民衆の切実なる要求である。岩波文庫はこの要求に応じそれに励まされて生まれた。それは生命ある不朽の書を少数者の書斎と研究室とより解放して街頭にくまなく立たしめ民衆に伍せしめるであろう。近時大量生産予約出版の流行を見る。その広告宣伝の狂態はしばらくおくも、後代にのこすと誇称する全集がその編集に万全の用意をなしたるか。千古の典籍の翻訳企図に敬虔の態度を欠かざりしか。さらに分売を許さず読者を繫縛して数十冊を強うるがごとき、はたしてその揚言する学芸解放のゆえんなりや。吾人は天下の名士の声に和してこれを推挙するに躊躇するものである。このときにあたって、岩波書店は自己の責務のいよいよ重大なるを思い、従来の方針の徹底を期するため、すでに十数年以前より志して来た計画を慎重審議この際断然実行することにした。吾人は範をかのレクラム文庫にとり、古今東西にわたって文芸・哲学・社会科学・自然科学等種類のいかんを問わず、いやしくも万人の必読すべき真に古典的価値ある書をきわめて簡易なる形式において逐次刊行し、あらゆる人間に須要なる生活向上の資料、生活批判の原理を提供せんと欲する。この文庫は予約出版の方法を排したるがゆえに、読者は自己の欲する時に自己の欲する書物を各個に自由に選択することができる。携帯に便にして価格の低きを最主とするがゆえに、外観を顧みざるも内容に至っては厳選最も力を尽くし、従来の岩波出版物の特色をますます発揮せしめようとする。この計画たるや世間の一時の投機的なるものと異なり、永遠の事業として吾人は微力を傾倒し、あらゆる犠牲を忍んで今後永久に継続発展せしめ、もって文庫の使命を遺憾なく果たさしめることを期する。芸術を愛し知識を求むる士の自ら進んでこの挙に参加し、希望と忠言とを寄せられることは吾人の熱望するところである。その性質上経済的には最も困難多きこの事業にあえて当たらんとする吾人の志を諒として、その達成のため世の読書子とのうるわしき共同を期待する。

昭和二年七月

《日本文学(現代)》〔緑〕

怪談 牡丹燈籠 三遊亭円朝
小説神髄 坪内逍遥
当世書生気質 坪内逍遥
アンデルセン 即興詩人 全二冊 森鷗外訳
ウィタ・セクスアリス 森鷗外
青年 森鷗外
雁 森鷗外
阿部一族 他二篇 森鷗外
山椒大夫・高瀬舟 他四篇 森鷗外
渋江抽斎 森鷗外
舞姫・うたかたの記 他三篇 森鷗外
鷗外随筆集 千葉俊二編
大塩平八郎 他三篇 森鷗外
浮雲 二葉亭四迷 十川信介校注
野菊の墓 他四篇 伊藤左千夫
吾輩は猫である 夏目漱石

坊っちゃん 夏目漱石
草枕 夏目漱石
虞美人草 夏目漱石
三四郎 夏目漱石
それから 夏目漱石
門 夏目漱石
彼岸過迄 夏目漱石
漱石文芸論集 磯田光一編
行人 夏目漱石
こころ 夏目漱石
硝子戸の中 夏目漱石
道草 夏目漱石
明暗 夏目漱石
思い出す事など 他七篇 夏目漱石
文学評論 全二冊 夏目漱石
夢十夜 他二篇 夏目漱石
漱石文明論集 三好行雄編

倫敦塔・幻影の盾 他五篇 夏目漱石
漱石日記 平岡敏夫編
漱石書簡集 三好行雄編
漱石俳句集 坪内稔典編
漱石・子規往復書簡集 和田茂樹編
文学論 全二冊 夏目漱石
坑夫 夏目漱石
二百十日・野分 夏目漱石
五重塔 幸田露伴
努力論 幸田露伴
一国の首都 他一篇 幸田露伴
渋沢栄一伝 幸田露伴
飯待つ間 —正岡子規随筆選 正岡子規 阿部昭編
子規句集 高浜虚子選
病牀六尺 正岡子規
子規歌集 土屋文明編
墨汁一滴 正岡子規

仰臥漫録	正岡子規
歌よみに与ふる書	正岡子規
獺祭書屋俳話・芭蕉雑談	正岡子規
子規紀行文集	復本一郎編
正岡子規ベースボール文集	復本一郎編
金色夜叉 全二冊	尾崎紅葉
不如帰	徳冨蘆花
武蔵野	国木田独歩
愛弟通信	国木田独歩
蒲団・一兵卒	田山花袋
田舎教師	田山花袋
一兵卒の銃殺	田山花袋
あらくれ・新世帯	徳田秋声
藤村詩抄	島崎藤村自選
破戒	島崎藤村
春	島崎藤村
桜の実の熟する時	島崎藤村
夜明け前 全四冊	島崎藤村
藤村文明論集	十川信介編
生ひ立ちの記 他一篇	島崎藤村
島崎藤村短篇集	大木志門編
にごりえ・たけくらべ	樋口一葉
大つごもり・十三夜 他五篇	樋口一葉
修禅寺物語・正雪の二代目 他四篇	岡本綺堂
高野聖・眉かくしの霊	泉鏡花
歌行燈	泉鏡花
夜叉ケ池・天守物語	泉鏡花
草迷宮	泉鏡花
春昼・春昼後刻	泉鏡花
鏡花短篇集	川村二郎編
外科室・海城発電 他五篇	泉鏡花
鏡花随筆集	吉田昌志編
化鳥・三尺角 他六篇	泉鏡花
鏡花紀行文集	田中励儀編
俳句はかく解しかく味う	高浜虚子
俳句への道	高浜虚子
回想 子規・漱石	高浜虚子
有明詩抄	蒲原有明
上田敏全訳詩集	山内義雄・矢野峰人編
宣言	有島武郎
一房の葡萄 他四篇	有島武郎
寺田寅彦随筆集 全五冊	小宮豊隆編
柿の種	寺田寅彦
与謝野晶子歌集	与謝野晶子自選
与謝野晶子評論集	鹿野政直・香内信子編
私の生い立ち	与謝野晶子
つゆのあとさき	永井荷風
濹東綺譚	永井荷風
荷風随筆集 全二冊	野口冨士男編
摘録 断腸亭日乗 全二冊	永井荷風・磯田光一編
すみだ川・新橋夜話 他一篇	永井荷風

あめりか物語　永井荷風
下谷叢話　永井荷風
ふらんす物語　永井荷風
荷風俳句集　加藤郁乎編
浮沈・踊子 他三篇　永井荷風
花火・来訪者 他十一篇　永井荷風
問はずがたり・吾妻橋 他十六篇　永井荷風
斎藤茂吉歌集　山口茂吉・柴生田稔・佐藤佐太郎編
千鳥 他四篇　鈴木三重吉
鈴木三重吉童話集　勝尾金弥編
小僧の神様 他十篇　志賀直哉
暗夜行路 全二冊　志賀直哉
志賀直哉随筆集　高橋英夫編
高村光太郎詩集　高村光太郎
北原白秋歌集　高野公彦編
北原白秋詩集 全二冊　安藤元雄編
フレップ・トリップ　北原白秋

野上弥生子随筆集　竹西寛子編
野上弥生子短篇集　加賀乙彦編
お目出たき人・世間知らず　武者小路実篤
友情　武者小路実篤
銀の匙　中勘助
若山牧水歌集　伊藤一彦編
新編 みなかみ紀行　若山牧水・池内紀編
新編 啄木歌集　久保田正文編
吉野葛・蘆刈　谷崎潤一郎
卍（まんじ）　谷崎潤一郎
谷崎潤一郎随筆集　篠田一士編
多情仏心 全二冊　里見弴
道元禅師の話　里見弴
今年竹 全二冊　里見弴
萩原朔太郎詩集　三好達治選
郷愁の詩人 与謝蕪村　萩原朔太郎
猫町 他十七篇　萩原朔太郎・清岡卓行編

恋愛名歌集　萩原朔太郎
恩讐の彼方に・忠直卿行状記 他八篇　菊池寛
菊池寛戯曲集 父帰る・藤十郎の恋　石割透編
河明り 老妓抄 他一篇　岡本かの子
春泥・花冷え　久保田万太郎
大寺学校 ゆく年　久保田万太郎
久保田万太郎俳句集　恩田侑布子編
室生犀星詩集　室生犀星自選
犀星王朝小品集　室生犀星
室生犀星俳句集　岸本尚毅編
出家とその弟子　倉田百三
羅生門・鼻・芋粥・偸盗　芥川竜之介
地獄変・邪宗門・好色・藪の中 他七篇　芥川竜之介
河童 他二篇　芥川竜之介
歯車 他二篇　芥川竜之介
蜘蛛の糸・杜子春・トロッコ 他十七篇　芥川竜之介
侏儒の言葉・文芸的な、余りに文芸的な　芥川竜之介

芥川竜之介書簡集　石割透編
芥川竜之介随筆集　石割透編
蜜柑・尾生の信 他十八篇　芥川竜之介
年末の一日・浅草公園 他十七篇　芥川竜之介
芥川竜之介紀行文集　山田俊治編
田園の憂鬱　佐藤春夫
海に生くる人々　葉山嘉樹
葉山嘉樹短篇集　道籏泰三編
日輪・春は馬車に乗って 他八篇　横光利一
宮沢賢治詩集　谷川徹三編
童話集 風の又三郎 他十八篇　宮沢賢治 谷川徹三編
童話集 銀河鉄道の夜 他十四篇　宮沢賢治 谷川徹三編
山椒魚・遥拝隊長 他七篇　井伏鱒二
川釣り　井伏鱒二
井伏鱒二全詩集　井伏鱒二
太陽のない街　徳永直
黒島伝治作品集　紅野謙介編

伊豆の踊子・温泉宿 他四篇　川端康成
雪国　川端康成
山の音　川端康成
川端康成随筆集　川西政明編
三好達治詩集　桑原武夫 大槻鉄男選
詩を読む人のために　三好達治
中野重治詩集　中野重治
夏目漱石 全三冊　小宮豊隆
新編 思い出す人々　内田魯庵 紅野敏郎編
檸檬《レモン》・冬の日 他九篇　梶井基次郎
蟹工船 一九二八・三・一五　小林多喜二
富嶽百景・走れメロス 他八篇　太宰治
斜陽 他一篇　太宰治
人間失格・グッド・バイ 他一篇　太宰治
津軽　太宰治
お伽草紙・新釈諸国噺　太宰治
右大臣実朝 他一篇　太宰治

真空地帯　野間宏
日本唱歌集　堀内敬三 井上武士編
日本童謡集　与田準一編
森鷗外　石川淳
至福千年　石川淳
小林秀雄初期文芸論集　小林秀雄
近代日本人の発想の諸形式 他四篇　伊藤整
小説の認識　伊藤整
中原中也詩集　大岡昇平編
ランボオ詩集　中原中也訳
晩年の父　小堀杏奴
小熊秀雄詩集　岩田宏編
夕鶴・彦市ばなし 他二篇 —木下順二戯曲選II—　木下順二
元禄忠臣蔵 全二冊　真山青果
随筆滝沢馬琴　真山青果
旧聞日本橋　長谷川時雨
みそっかす　幸田文